JEUNESSE

L'Anniversaire de Bozo Nolet-Leclou

roman

Du même auteur

SÉRIE BOZO
Bozo Nolet-Leclou, coll. Gulliver, Québec Amérique Jeunesse, 2003.

L'Anniversaire de Bozo Nolet-Leclou

MATHIEU BOUTIN

QUÉBEC AMÉRIQUE Jeunesse

Données de catalogage avant publication (Canada)

Boutin, Mathieu
L'Anniversaire de Bozo Nolet-Leclou
(Gulliver; 134)
ISBN 2-7644-0369-0
I. Titre. II. Collection: Gulliver jeunesse; 134.
PS8553.O887A86 2004   jC843'.6   C2004-941303-1
PS9553.O887A86 2004

 Conseil des Arts **Canada Council**
du Canada for the Arts

Nous reconnaissons l'aide financière du gouvernement du Canada
par l'entremise du Programme d'aide au développement de l'industrie
de l'édition (PADIÉ) pour nos activités d'édition.

Gouvernement du Québec – Programme de crédit d'impôt pour
l'édition de livres – Gestion SODEC.

Les Éditions Québec Amérique bénéficient du programme de subvention
globale du Conseil des Arts du Canada. Elles tiennent également à re-
mercier la SODEC pour son appui financier.

Québec Amérique
329, rue de la Commune Ouest, 3e étage
Montréal (Québec) H2Y 2E1
Téléphone: (514) 499-3000, télécopieur: (514) 499-3010

Dépôt légal: 3e trimestre 2004
Bibliothèque nationale du Québec
Bibliothèque nationale du Canada

Révision linguistique: Andrée Laprise
Mise en pages: André Vallée

Chapitre 1

Un oubli important

— C'est le plus beau de tous les bébés! s'exclamèrent Hervé et Isabelle, ce soir de mai. Toute la famille était alors réunie dans la salle de bains. Les parents frottaient vigoureusement la crinière vermeille de leur enfant après l'avoir sorti de la baignoire. Bozo se tortillait tout nu sous la serviette et avait bien hâte de retrouver son oiseau, qui était resté dans la chambre.

Presque douze mois s'étaient écoulés depuis la naissance de Bozo. Isabelle Nolet, sa maman, avait repris son travail au bureau de la Sécurité sociale et Hervé Leclou, son papa, faisait toujours le taxi à travers les rues de la ville, à bord de sa Topolino rouge.

La petite famille coulait des jours heureux et on riait beaucoup dans la maison du clownelet. Même l'oiseau noir avec le drôle de chapeau et la cravate, qui ne quittait jamais Bozo, se fâchait moins souvent qu'à l'habitude.

Isabelle avait finalement cessé de se nourrir de sucreries ; mais Bozo demeurait tout de même allergique à tout ce qui n'en était pas. Depuis l'incident de la garderie des Petits cornichons, chaque fois que l'enfant avait absorbé de la nourriture saine comme des légumes, des fruits, du fromage ou de la viande, il avait eu de grosses crises de clownerie, de plus en plus loufoques, qui l'épuisaient beaucoup. Ses parents avaient donc abandonné l'espoir de le nourrir convenablement et ne lui faisaient plus avaler que des chips, des bonbons et des boissons gazeuses.

Ce régime ne semblait pas nuire à la santé de Bozo, au contraire, car il était très avancé pour son âge. Combien de bébés de moins d'un an peuvent en effet se vanter de savoir parler, marcher, courir et danser ? En connaît-on d'autres qui savent également jongler, jouer de la flûte avec le nez et produire des bulles, juste en sifflant ?

Malgré ces exploits, la question de la santé de Bozo demeurait tout de même un peu délicate. En effet, comment savoir s'il grandissait normalement, lui qui était si différent des autres enfants ?

Il est habituellement facile de mesurer l'évolution d'un bébé, car on peut la comparer à celle de tous les autres enfants de son âge, sans compter les millions de grandes personnes qui ont, pour la plupart, déjà été bébés aussi. Mais pour Bozo, et pour les clownelets en général, il existait bien peu d'information sur leur processus de développement. En fait, un seul livre avait été publié sur la question, et seuls ceux qui connaissent Bozo depuis sa naissance savent de quoi nous parlons ici[1]. Nous y reviendrons.

---

1. Pour tout savoir, il faut lire *Bozo Nolet-Leclou*, coll. Gulliver, Montréal, Éditions Québec Amérique, 2003, 95 pages.

Pour le moment, Isabelle et Hervé ne s'inquiétaient pas trop de la santé de leur bébé, puisqu'il semblait se porter à merveille. Aux yeux de ses parents, il n'y avait pas de plus beau bébé au monde.

— Arrête de bouger mon lapin, qu'on t'admire un peu, lui dit Isabelle, pleine de tendresse maternelle.

Bozo ne tenait déjà plus en place.

Il ne faisait pas de doute que Bozo était très mignon, avec son nez et ses cheveux rouges. Les rayures bleues sur son ventre et sur ses fesses étaient de plus en plus visibles, parfaitement alignées et très nettes. La tache verte sur son cou avait maintenant tout à fait l'apparence d'un vrai papillon. De plus, les formes circulaires qui apparaissaient sur le côté de ses cuisses étaient devenues de véritables cymbales qui faisaient « dzinngg ! » quand Bozo se collait les jambes. Un vrai clownelet.

— Allons, sois sage, on veut juste te regarder encore un peu.

— Je veux mon oiseau ! protesta Bozo.

— Oui, oui, tout de suite Monseigneur, on te ramène à ton oiseau chéri, fit

Hervé, en prenant Bozo dans ses bras pour le porter à sa chambre.

Dans le couloir, Hervé continua :

— Tu sais, mon ami, que tu auras bientôt un an, tu te rends compte ? Ton premier anniversaire !

— C'est vrai ça, c'est bientôt, reprit Isabelle. Qu'est-ce que c'est la date déjà ?

— Voyons Isabelle, tu ne te souviens pas de la date de naissance de ton propre enfant ?

Hervé déposa Bozo dans son berceau auprès de son oiseau et alla retrouver Isabelle.

L'oiseau avait tout entendu.

— Ça va être ta fête à ce qu'il paraît ? chuchota l'oiseau dans le creux de l'oreille de Bozo.

— Je sais pas, qu'est-ce que c'est une fête ?

— Bon, un clown qui ne sait pas ce que c'est une fête, la belle affaire ! soupira l'oiseau, de sa mauvaise humeur naturelle qui revenait au galop.

— Ah ! Pardon ! D'abord, je ne suis pas un clown, je suis un clownelet, nuance ! déclara fièrement Bozo.

— Clown, clownelet, c'est la même chose. Tu t'es regardé dans une glace dernièrement ? Avec ton gros nez rouge et tes cymbales entre les genoux qui m'empêchent de dormir, tellement tu fais du bruit quand tu dors ?

Fâché, Bozo s'empara de l'oiseau et le coinça entre ses genoux.

— Qu'est-ce qu'elles ont mes cymbales ? Elles te plaisent pas mes cymbales ?

— Oui, oui, gémit l'oiseau qui étouffait, elles sont formidables. Laisse-moi respirer !

Bozo relâcha son compagnon.

— Drôlement susceptibles ces clownelets ! Vous êtes supposés amuser les gens, pas les empêcher de respirer !

— D'accord, pardon. Dis-moi tout de même ce que c'est qu'une fête ! demanda Bozo.

— Écoute, une fête, c'est la célébration d'un événement. C'est l'occasion de s'amuser, comme un anniversaire, par exemple.

— Anniversaire ? fit Bozo.

— Oui, *anni*, comme *annuel*. Ça veut dire qu'une année s'est passée. Toi, comme ça fera bientôt un an que tu es né, ce sera ton premier anniversaire !

— Un an ? Déjà ? fit Bozo. Et quand exactement ?

— Je ne sais pas moi, je ne suis qu'un oiseau en peluche. Je n'ai pas accès à un calendrier, qu'est-ce que tu crois ?

— Calendrier ?

— Oh ! Mais il ne sait donc rien d'autre que jongler et péter des chansons, ce clown ? Tais-toi et dors ! ordonna l'oiseau qui en avait assez de toutes ces questions.

Dans la cuisine, Hervé et Isabelle continuaient leur discussion.

— C'est le 31 mai, je m'en souviens très bien ! affirma Hervé. Bozo est né le 31 mai de l'année dernière.

— Alors voilà ce qui prouve ce dont je me doutais déjà, mon amour. Tu n'as aucune mémoire. Ce n'est pas le 31 mai, c'est le 1er juin !

— Le 1er juin ? C'est impossible ! Je m'en rappellerais, je n'ai peut-être pas une mémoire infaillible pour les détails superflus comme toi, mais les dates, ça me connaît !

— Détails superflus ?

— Oui, comme la couleur de la robe de l'amie de ton oncle au mariage de ta cousine par exemple !

— Bleue ! Oui, Jasmine avait une robe bleue ce jour-là, et Bozo est né le 1er juin !

— 31 mai !

— 1er juin !

— 31 mai !

— 1er juin !

— 31 juin !

— 1er mai !

À cette dernière réplique, Hervé et Isabelle se regardèrent une seconde, puis pouffèrent de rire devant la futilité de leur interminable discussion.

Au bout d'un moment, il y eut un silence. Tous deux semblaient avoir une idée et ils s'exclamèrent à l'unisson :

— Le docteur Rologue !

Certains se souviendront peut-être du docteur Rologue, ce vieux médecin qui suivit Isabelle durant sa grossesse[2].

---

2. Encore une autre information que l'on retrouvera dans la première aventure de Bozo Nolet-Leclou.

— Oui ! Demandons au docteur Rologue, il saura bien, lui, la date de la naissance de Bozo, dit Hervé.

— Oui ! D'ailleurs, il y a un moment que le docteur ne l'a pas vu. Il pourra l'examiner en même temps, suggéra Isabelle.

Sur ce, ils appelèrent à la clinique et prirent rendez-vous pour le lendemain.

▲ ▼ ▲

À la clinique, l'infirmière de service informa le docteur Rologue de la visite des Nolet-Leclou pour le lendemain.

— Merci Mademoiselle Calmant, dit le docteur en ouvrant le dossier médical qu'elle venait de déposer sur son bureau.

Le docteur lut les premières lignes du dossier.

« Mère : Isabelle Nolet. Père : Hervé Leclou. Prénom de l'enfant : Bozo. Date de naissance… »

— Oh ! oh !… fit le docteur.

L'infirmière, qui n'était pas loin, glissa la tête dans le cadre de la porte.

— Ça va, docteur ? demanda la dame.

— Oui, ce n'est rien, merci. Pourriez-vous tout de même m'apporter mon livre ? Vous savez, le très gros livre…

— Vous avez le choix docteur :

a) *Étude de la léthargie latérale dans la littérature liturgique de la Lituanie ?*

b) *Analyse des analgésiques anodins chez les aînés animés d'animosité ?*

c) *Phénomènes de fécondité farfelue chez les femmes férues de friandises ?*

d) *Conséquences des convulsions constantes chez les convalescents à la constitution conciliante ?*

— Mademoiselle Calmant, voyons, ces devinettes ne sont plus de votre âge ni du mien. Vous savez bien ce que je veux dire. Je veux consulter le livre dont j'aurai besoin pour l'examen de Bozo Nolet-Leclou demain.

— C'est comme vous voulez, docteur. Mais sachez que ceux qui ont répondu c) pourront lire sous les couvertures avec une lampe de poche pendant dix minutes après l'heure du dodo.

— Qu'est-ce que vous me racontez-là ? s'exclama le docteur, bien étonné.

— De plus, ceux qui ont répondu c), et qui n'avaient pas lu la première aventure du clownelet, pourront non seulement lire sous les couvertures pendant dix minutes avec une lampe de poche, mais ils pourront aussi manger un biscuit.

— Un biscuit ?

— Et finalement, fit-elle en posant le gros livre sur le bureau du docteur, ceux qui n'ont pas eu la bonne réponse peuvent lire pendant 14 secondes après l'heure du dodo. Mais pas vous, docteur, car ces choses-là ne sont pas de votre âge.

— Et vous ?

— Moi ? Je vais me coucher. J'ai du retard dans mes lectures, dit-elle en montrant un papier qu'elle avait à la main.

Et elle disparut.

Chapitre 2

Les maux de l'oiseau et la santé de Bozo

— **B**ozo, lève-toi, c'est l'heure. On va voir le docteur ce matin, chanta doucement Isabelle en entrant dans la chambre du petit.

Elle s'approcha du berceau où l'enfant dormait encore, son drôle d'oiseau collé contre lui.

Bozo entrouvrit les yeux. L'oiseau s'éveillait à peine, mais fit très attention de ne pas se faire remarquer d'Isabelle et prit son air de peluche inerte du mieux qu'il put.

— Bonjour maman, fit Bozo en s'étirant un peu.

— Bonjour, mon chou. Il faut se lever. On va voir le docteur Rologue ce matin.

Isabelle voulut prendre Bozo pour l'embrasser, mais l'oiseau, qui était sur l'enfant, tomba par terre durant la manœuvre. L'animal avait beau être couvert de peluche, il s'était pourtant fait très mal en tombant ainsi sur la tête, sans même pouvoir se protéger.

— Oh! Ton oiseau.

Isabelle le ramassa et le remit entre les mains de son fils.

— Dis donc, il a l'air un peu défraîchi ton ami. Donne-le moi, je le mettrai à la lessive pendant que nous irons chez le docteur.

Terrorisé par ces mots, l'oiseau avala de travers et donna un coup d'aile à Bozo.

— Oh non! maman, il est bien comme ça. On le lavera une autre fois, d'accord?

— Mais il est tout sale! Et regarde-le, il est tout abîmé.

— S'il te plaît, je veux l'emmener avec moi chez le docteur.

— D'accord. Si tu y tiens tant, tu peux l'apporter.

— Merci, maman, dit Bozo.

— Merci, maman, chuchota l'oiseau, très soulagé.

— Qu'est-ce qui se passe ici ? demanda joyeusement Hervé en entrant à son tour dans la chambre.

— Oh ! Rien de bien grave, mais on a décidé d'« emmener » l'oiseau de Bozo voir le médecin ce matin, répondit Isabelle avec un clin d'œil.

Hervé s'approcha du berceau et prit l'oiseau pour mieux l'examiner.

— Bonne idée en effet. Il a bien mauvaise mine ce volatile. Son chapeau est tout ratatiné, sa cravate est froissée. Et qu'est-ce que c'est que toutes ces petites mousses ? Une maladie de plumes ?

— Arrête papa ! interrompit Bozo. Rends-le moi, tu vas l'inquiéter pour rien.

— L'inquiéter ?

— Je veux dire, tu vas l'esquinter.

— L'esquinter ? Dis donc mon Bozo, ton vocabulaire ne cesse de s'enrichir ! Bravo !

— Bon, assez plaisanté, annonça Isabelle. Bozo, sors du lit, prépare-toi et viens manger, on part dans vingt minutes.

Isabelle et Hervé sortirent de la chambre.

— On m'avait dit que c'était beaucoup de travail d'avoir un bébé, dit Isabelle, pourtant tu vois, seulement un an et il s'organise déjà tout seul !

— C'est vrai. Mais c'est *notre* bébé, répondit fièrement Hervé.

Dans la chambre, Bozo était sorti de son berceau et cherchait ses chaussettes. L'oiseau était juché sur la commode et s'observait dans le miroir.

— Qu'est-ce qu'il a voulu dire par « Il a bien mauvaise mine » ? demanda-t-il en se tirant la paupière pour mieux se voir l'œil dans la glace.

— Rien, c'était sûrement pour blaguer.

— Je suis sûr que non. Tu as vu la chute que j'ai faite tout à l'heure ? Sur la tête je suis tombé ! J'en suis encore tout étourdi. Peut-être que je me suis cassé une aile, ou une cuisse ? dit-il en se tâtant le corps.

— Les oiseaux en peluche ne se cassent pas les os, voyons !

— Qu'est-ce que tu en sais ? Tu es docteur aussi ? D'ailleurs, pourquoi elle a dit « on " emmène " l'oiseau voir le médecin » ? Je suis sûr qu'on me cache quelque chose.

— Tu aimerais mieux passer à la lessive, c'est ça ?

— Non, je t'en supplie, pas la lessive ! J'ai failli me noyer la dernière fois. Sans parler du séchoir ! Cette chaleur ! Sans rien à boire ! Et puis c'est long, tourner comme ça, avec les sous-vêtements de ton père pour toute compagnie. Non merci.

— Alors, tu vas mieux maintenant ?

L'oiseau s'examinait encore devant la glace.

— C'est vrai que j'ai l'air abîmé. Ça se peut le cancer de la cravate tu crois ?

Bozo était prêt. Il prit l'oiseau avec lui.

— Allez viens. Et, pour une fois, c'est moi qui te le dis : tâche de ne pas nous faire remarquer.

Après un bref petit-déjeuner : œufs pochés et pain grillé pour Hervé et Isabelle, réglisse et nougat pour Bozo, tous sortirent et prirent place dans la Topolino qui attendait dans la rue en lisant le journal. Ils arrivèrent rapidement devant la clinique du docteur Rologue, car Hervé et son taxi rouge connaissaient bien tous les raccourcis des rues de la ville.

Ils se présentèrent à la réception de la clinique, mais il n'y avait personne pour les accueillir. Au bout d'un moment, le vieux médecin vint à leur rencontre.

— Bonjour tout le monde. Désolé pour l'attente. L'infirmière qui était de service depuis quelques jours m'a quitté hier sans prévenir et je n'ai pas encore trouvé de remplaçante. Suivez-moi dans la salle d'examen, si vous le voulez bien.

Dans la salle, en plus de la grande table d'examen et des instruments médicaux, on apercevait aussi le gros livre intitulé *Phénomènes de fécondité farfelue chez les femmes férues de friandises*, qui avait été déposé sur un petit bureau.

Le docteur désigna deux chaises qui se trouvaient là également.

— Veuillez vous asseoir, je vous en prie. Isabelle, vous pouvez poser Bozo et son jouet sur la table d'examen. Nous allons faire un petit examen de routine.

L'oiseau eut grand mal à se retenir de parler. « Moi ? Un jouet ? Espèce de vétérinaire de carnaval », pensa-t-il.

— Alors Isabelle, comment se porte le bébé ? demanda le docteur en commençant à palper Bozo un peu partout.

— Je crois qu'il va bien, mais demandez-lui donc docteur, il vous répondra, j'en suis sûre !

— Non, c'est vrai ? Tu parles déjà Bozo ?

Bozo était encore un petit peu timide de parler devant d'autres personnes que ses parents. On se souviendra que durant ses premiers mois, les talents de Bozo avaient parfois créé des situations embarrassantes.

— Tu peux répondre, Bozo, lui dit Hervé. Le docteur est un ami.

— Je vais bien, merci, fit doucement Bozo.

— Oh ! Mais dis donc, ce sont de belles cymbales qui t'ont poussé là, mentionna le docteur en examinant les cuisses de Bozo. Fais voir un peu ce que ça donne quand tu les frappes ensemble.

« Dzzinng ! » firent les genoux de Bozo en se touchant.

Le docteur continua son examen, auscultant ceci, mesurant cela, le nez rouge, les lignes bleues sur le ventre, le papillon vert sur le cou. Parfois, il s'interrompait et allait consulter son grand livre. Puis il continuait à scruter Bozo sous toutes ses coutures.

— Ça va, docteur? Vous ne trouvez rien d'anormal? Bozo est un clownelet en santé, n'est-ce pas? demanda Isabelle, un peu inquiète.

— Il est toujours clownelet, n'est-ce pas? Ne nous dites pas qu'il est devenu un bébé ordinaire?

— Non, mes amis, pas de doute là-dessus. Bozo est plus que jamais un clownelet en parfaite santé pour son âge.

— Justement docteur, à propos de son âge. Isabelle et moi... En fait, c'est Isabelle qui avait une question, fit Hervé.

— Mais non, docteur, c'est Hervé. Il a des pertes de mémoire, figurez-vous, et il ne se souvient plus de la date d'anniversaire de son propre enfant. Vous vous rendez compte?

Le docteur resta silencieux un moment, puis il se leva et alla prendre le grand livre.

— Isabelle, Hervé, j'aimerais vous parler en privé. Vous croyez qu'on peut laisser Bozo seul un instant?

— Ça va, Bozo? On ne sera qu'une minute de l'autre côté avec le docteur, lui dit Isabelle.

— Ça ira, maman.

Les parents de Bozo se levèrent et passèrent avec le docteur dans le bureau voisin.

— Ça y est! fit l'oiseau, paniqué. Il va leur annoncer que je vais mourir! C'est une comédie, tout ça! Il fait semblant de rien parce que c'est un vrai professionnel, mais il n'a eu qu'à me regarder une seconde et paf! Le diagnostic fatal. On va me faire l'ablation de la cravate, je le sens.

— Qu'est-ce que tu vas chercher encore l'oiseau? Il ne t'a même pas examiné.

Mais déjà l'oiseau avait attrapé un crayon sur la table et écrivait frénétiquement à l'endos d'une ordonnance.

À ce moment, mademoiselle Calmant entra en coup de vent dans la salle d'examen par la porte de derrière.

— Tiens donc! Un clownelet et un oiseau qui écrit. Qu'est-ce que vous faites ici? demanda-t-elle.

Bozo et l'oiseau étaient tellement surpris de voir cette dame qu'ils ne connaissaient pas et qui semblait être apparue comme par magie, qu'ils en restèrent bouche bée.

— Ils sont muets en plus ? Et toi, qu'est-ce que tu griffonnes ? dit-elle en prenant l'ordonnance des pattes de l'oiseau. Je parie que c'est :

a) les paroles d'une chanson qui vient de lui revenir à la mémoire ?

b) son testament, c'est-à-dire la liste de ce qu'on laisse à sa famille et à ses amis lorsqu'on va mourir ?

c) une liste d'aliments à acheter à l'épicerie ?

d) une lettre au père Noël énumérant tous les cadeaux qu'il désire ?

Elle regarda enfin le papier et lut à haute voix.

« Moi, l'Oiseau, sain d'esprit mais malheureusement pas de corps, je lègue à la science ma cravate afin que l'on puisse poursuivre les recherches sur la terrible maladie qui m'emportera bientôt. À mon ami Bozo, je lègue tous mes disques :

L'oiseau de feu, de Stravinsky, *Le Cygne*, de Saint-Saëns, *La danse des canards*…»

— En voilà un drôle de testament. Bon, toi, le mourant, redonne-moi le crayon que je suis venue chercher. J'ai des notes à prendre moi aussi, ordonna-t-elle à l'oiseau.

L'oiseau lui tendit le crayon en tremblant, encore un peu intimidé.

Mademoiselle Calmant écrivit tout en récitant :

— Les lecteurs qui ont répondu b) gagnent la permission de se fabriquer un petit bateau en papier, de faire couler l'eau dans le lavabo et d'y jouer avec leur petit bateau durant 10 minutes avant l'heure du bain.

— Et les autres ? demanda l'oiseau, déjà plus sûr de lui.

— Les autres peuvent se fabriquer un petit bateau et jouer dans le lavabo, mais sans eau, répondit-elle.

— C'est complètement idiot, fit l'oiseau.

— Vous avez tout à fait raison. Par ailleurs, en tant qu'infirmière, je trouve que vous avez bien mauvaise mine, monsieur l'oiseau. Comme ce crayon que vous semblez avoir beaucoup usé d'ailleurs.

Puis mademoiselle Calmant repartit, comme elle était venue.

Chapitre 3

Une date surprenante

Pendant ce temps, dans la pièce voisine, le docteur Rologue présentait la situation aux parents de Bozo.

— Je ne veux pas vous alarmer, mais il y a quelque chose de très important que vous devez savoir à propos de votre enfant. Soyez attentifs, car c'est un peu compliqué.

— Nous vous écoutons docteur, firent ensemble les parents, les oreilles grandes ouvertes.

— Dites-moi, selon vous, quel âge a Bozo ?

— Il aura bientôt un an, répondit Isabelle.

— Oui, très bientôt, confirma Hervé, le 31 mai.

— Mais non, il aura un an le 1er juin, n'est-ce pas docteur? demanda Isabelle.

— Très bien. Nous touchons au cœur du sujet, si je puis m'exprimer ainsi, annonça le docteur.

Il continua.

— Dites-moi, vous savez tous les deux ce que c'est qu'une année bissextile, n'est-ce pas?

— Oui, ce sont les années où il y a un jour supplémentaire, je crois bien, répondit Isabelle.

— Oui, le 29 février, à tous les quatre ans, il me semble, ajouta Hervé.

— Exact. Mais il y a aussi une autre date fort peu connue qui va vous intéresser, avança le docteur. Je l'ai découverte hier, en lisant un chapitre très ancien de ce livre, fit-il en désignant le volume des *Phénomènes...*

— Ah bon? tentèrent ensemble les parents.

— Eh bien oui. C'est un jour qui n'arrive que rarement et dont on ne se souvient jamais, tellement il passe vite.

— Ah bon ? répétèrent encore les parents, étonnés.

— Dans ce cas-ci, il s'agit du 32 mai.

— Le 32 mai ? Mais ça n'existe pas le 32 mai, voyons docteur, rétorqua Isabelle.

— Moi, je n'ai jamais entendu parler de ça en tout cas, affirma Hervé.

— En effet, c'est assez surprenant. Par contre, la naissance d'un clownelet l'est tout autant, vous admettrez. Et, comme je l'ai appris en lisant ce livre, les clownelets viennent au monde… Écoutez plutôt.

Le docteur prit le livre des *Phénomènes…* et en lut un passage à haute voix :

« El dio de la nativitum del buffoni esta muì especial e ne occurae que ouaf un dio additional del calendrium ordinarium. »

— Qu'est-ce que c'est que ce jargon, docteur ? On ne comprend rien de ce que vous dites, objecta Hervé.

— Chut ! Laisse parler le docteur, Hervé. C'est très intéressant, interrompit Isabelle.

— Ah! Parce que tu y comprends quelque chose, toi?

— Écoutons d'abord, on comprendra ensuite, suggéra-t-elle, pour calmer les ardeurs de son compagnon.

— Merci, Isabelle. C'est étrange, j'en conviens, dit le docteur Rologue. Je crois que c'est un mélange de latin, d'italien, d'espagnol et de ce qui semble bien être de l'épagneul.

— De l'épagneul? s'exclama Hervé, incrédule.

— Oui oui, de l'épagneul, confirma le docteur. C'est la langue que parlaient les chiens savants avant que les humains en fassent des animaux domestiques.

— Wouf! jappa Hervé.

— Couché! ordonna Isabelle, qui s'impatientait.

— Je continue, dit le docteur:

« Estae dio e mas brevum perque el dio de la nativita del clunoletto arf un dio de giocoso grande. »

— « Clunoletto »? interrogea Isabelle, très excitée, ça veut dire clownelet, n'est-ce pas?

— Exactement, poursuivit le docteur. Ce que l'on dit ici, c'est que le jour de la naissance d'un clownelet est très court et très spécial et ne peut arriver qu'un jour de l'année tout aussi spécial ; un jour *supplémentaire* de l'année.

— Le 32 mai ! s'écria Isabelle.

— Le 32 mai, par exemple, acquiesça le docteur. Ça aurait pu tout autant être le 31 septembre, le 6 avril et demi ou le 74 de juillet vous savez ? Du moment que c'est un jour qui n'existe pas dans le calendrier.

— Tu vois, Hervé ? J'avais raison ! L'anniversaire de Bozo n'est pas le 31 mai ! chanta Isabelle à son amoureux.

— Peut-être, mais si j'ai bien suivi, ce n'est pas le 1er juin non plus, n'est-ce pas docteur ?

— Écoute le docteur, mon chéri, plutôt que de poser des questions tatillonnes, intervint doucement Isabelle.

Le docteur Rologue referma le livre.

— Vous vous souvenez bien de la naissance de Bozo, n'est-ce pas ? demanda le docteur.

— Ah oui alors ! répondit Isabelle.

— Et comment ! ajouta Hervé. La manivelle, la petite musique, puis ensuite l'explosion de confettis ! Comment oublier ça ?

— En effet, reprit le docteur. Et le reste de cette journée s'est passé très vite n'est-ce pas ?

— Je ne me souviens plus très bien, nous étions tellement heureux, tellement surpris aussi, dit Isabelle.

— C'est vrai, nous étions très joyeux, surpris et excités, ajouta Hervé.

Le docteur se leva et s'approcha d'Isabelle.

— Isabelle, tu te souviens quand tu étais petite et que je devais te faire une piqûre ?

— Ah oui, alors ! Je détestais tellement ça ! Vous disiez toujours : « Ça ne durera qu'une seconde, Isabelle. » Mais moi, j'avais tellement peur, ça me semblait durer toute la journée.

— Et vous Hervé ? demanda le médecin. Vous vous rappelez des fêtes de Noël quand vous étiez petit ?

— Ah oui, je m'en rappelle. Vaguement, parce qu'elles passaient tellement vite ! On aurait dit que Noël ne durait qu'une seconde ! soupira Hervé, avec nostalgie.

— Vous voyez, dit le docteur. Quand on est triste ou que l'on a peur, le temps passe très lentement. Par contre, lorsqu'on est joyeux, le temps passe très vite et nos souvenirs sont plus flous.

— Alors ? firent ensemble les parents.

— Alors, répondit le docteur, la naissance de Bozo était un moment si joyeux pour vous que vous en avez oublié la date ! Surtout que le 32 mai est un jour très court, apparemment. Mais le livre n'en dit pas plus.

▲ ▼ ▲

Dans la salle à côté, l'oiseau noir s'impatientait. Il avait :

a) entrepris de se construire un nid avec des ouates et cherchait désespérément de quoi faire des rideaux, un thermomètre dans la bouche ?

b) trouvé le dossier médical d'un bon-homme de neige et lisait attentivement la description des symptômes de la grippe congelée, des lunettes posées sur son nez ?

c) posé un stéthoscope sur le mur qui les séparait de l'autre pièce et écoutait attentivement la conversation des adultes, les embouts de l'instrument dans les oreilles ?

d) le goût de danser la java et fouillait partout pour trouver une radio pour entendre sa musique préférée, des sandales aux pieds ?

— Alors ? demanda Bozo. Qu'est-ce qui se passe ?

— Je ne sais pas trop. Je crois que j'ai entendu ton père japper. Est-ce qu'il jappe souvent comme ça ?

— Non, pas que je sache. Laisse-moi écouter à mon tour.

Bozo s'approcha de l'oiseau et tenta de prendre le stéthoscope.

— Touche pas, c'est à moi ! protesta l'oiseau en reculant.

— C'est mon tour ! Donne ! insista Bozo.

Bozo tira sur l'instrument.

— Aïe ! Mes oreilles, tu m'arraches les oreilles ! cria l'oiseau.

— Tu n'en as même pas des oreilles ! dit Bozo qui tournait le dos à l'oiseau et tentait de poser le bout du stéthoscope sur le mur.

— Rends-le moi, espèce de clown, tu vas le briser.

— Tais-toi donc, on n'entend rien !

Fâché, l'oiseau grimpa sur un tabouret.

— Attends un peu mon bonhomme, tu vas voir, grogna-t-il alors qu'il se hissait sur la table d'examen.

Arrivé sur la table, l'oiseau courut et se lança dans le vide pour attaquer Bozo par derrière.

« Boum ! » fit l'oiseau en se fracassant contre le mur, car Bozo s'était tourné juste à ce moment pour voir ce que l'oiseau fabriquait.

— Mon chapeau ! Mon chapeau est tout écrasé ! gémit l'oiseau par terre en se tâtant le crâne.

— Pourquoi t'es-tu jeté contre le mur ? demanda Bozo.

— Ouille ! Je me suis fracturé le chapeau ! Ouille ! Regarde vite, est-ce que ça

saigne ? Il faut prendre une radiographie !
Où sont les pansements ? cria l'oiseau qui
courait maintenant dans tous les sens.

— Vous avez entendu ce « boum » ?
demanda le docteur, de l'autre côté.

— Non, répondirent les parents.

Bozo ouvrit un tiroir de la table d'examen et y trouva un rouleau de gaze pour
faire des pansements.

— Viens l'oiseau, je vais te soigner.

Isabelle se leva.

— Vous voulez que je jette tout de
même un coup d'œil ? demanda Isabelle en
se dirigeant vers la salle d'examen.

Entendant la porte s'ouvrir, Bozo se
rassit en vitesse sur le tabouret.

— Ça va, mon petit ?

— Oui, maman.

— Et ton oiseau ? Qu'est-ce qu'il a ?
s'inquiéta Isabelle en voyant l'animal de
peluche étendu par terre, son chapeau tout
froissé.

— Oh, rien. Je joue à l'hôpital. Tiens,
regarde ce que j'ai trouvé ! dit-il en montrant le rouleau de pansement.

— C'est bien. Sois sage, mon chou. Ça
ne sera plus très long.

Puis elle referma la porte.

— Alors ça va ? demanda Hervé à Isabelle.

— Oui oui, l'oiseau s'est « blessé », annonça-t-elle à la blague. Imaginez que Bozo le soigne avec des pansements qu'il a trouvés. Ça ne vous dérange pas j'espère, docteur ?

— Non, pas du tout, répondit ce dernier. Son oiseau, vous dites ?

— Oui, il est très souffrant ces temps-ci, ajouta Hervé, en rigolant. On craint le pire !

Isabelle pouffa de rire.

— Arrête, t'es fou mon amour, s'exclaffa Isabelle.

— Bon, reprit le docteur qui voulait revenir aux choses sérieuses.

— Oui, pardon docteur, s'excusa Isabelle. Alors, comme vous le disiez, nous avions oublié la date de naissance de Bozo, car tout s'est passé si vite, et nous étions si joyeux.

— Exact.

— Mais, cette année, nous n'oublierons pas son anniversaire, dit Hervé. Le 32 mai !

— Justement, objecta le docteur. Il n'y aura peut-être pas de 32 mai cette année. Bozo pourrait donc ne pas avoir d'anniversaire.

— Pas d'anniversaire ?

— Non, Bozo n'aura un an que le prochain 32 mai. Et on ne peut pas savoir dans combien d'années cela arrivera.

— Alors il va rester bébé ? demanda Hervé.

— Oui, Bozo restera un bébé de presque un an, tant qu'il n'aura pas eu son premier anniversaire. Tant qu'il n'y aura pas de 32 mai.

— C'est formidable ! s'écria Isabelle. Tous les parents rêvent que leur bébé reste petit longtemps ! Nous sommes très chanceux, non ?

— En effet, c'est une façon de voir les choses, répondit le médecin.

— Et ses crises de clowneries, quand il mange autre chose que des friandises, elles vont continuer ? s'enquit Isabelle.

— Oui, sans doute. Veillez donc à ce qu'il ne mange pas trop de légumes, de viande ou de fruits. On ne sait pas le tort que ces crises peuvent faire à sa santé à long terme. Observez-le bien et tenez-moi au courant. Tout devrait bien se passer.

— Merci, docteur! s'exclamèrent ensemble les parents.

Ils partirent chercher Bozo et l'oiseau dans l'autre pièce. L'oiseau avait un énorme pansement sur la tête, avec son chapeau par-dessus.

— Eh bien mon bonhomme, tu as fait du beau travail, annonça le docteur à Bozo, en prenant l'oiseau pour l'examiner. C'est vrai qu'il a l'air un peu malade, ajouta-t-il avec un clin d'œil aux parents. Tu viendras me le montrer de nouveau s'il ne va pas mieux?

— Oui docteur, c'est promis, dit Bozo.

▲ ▼ ▲

Dans la voiture, Isabelle expliqua à Bozo ce qu'ils venaient d'apprendre.

— Alors, je n'aurai pas d'anniversaire? s'inquiéta Bozo.

— Bien sûr que si, mon chou, tu auras un anniversaire. Mais pas tout de suite. Tu vas encore rester le bébé de maman pour un long long moment. Tu n'es pas content?

Bozo réfléchit un peu avant de répondre.

— Je crois que oui, lâcha-t-il.

Tout en roulant, Hervé s'aperçut que la Topolino rouge avait besoin d'essence, et il arrêta à sa station-service préférée pour faire le plein.

La pompiste arriva bientôt.

— Bonjour, Monsieur. On fait le plein de sirop d'érable, de jus de fruit, de lait au chocolat ?

Hervé ne reconnaissait pas cette dame et il était bien surpris de ses questions.

— Monsieur Samplon n'est pas là aujourd'hui ? demanda timidement Hervé.

— Non, aujourd'hui c'est moi qui s'occupe de tout.

— Je ne comprends pas votre question, reprit Hervé.

— C'est pourtant simple, mon petit monsieur. Il y a parfois des questions qui nous sont posées dans la vie, vous savez ? Eh bien, aujourd'hui, ceux qui ont répondu c) gagnent, au choix, trois cuillerées de sirop d'érable, de jus de fruit ou de lait au chocolat, le tout servi directement dans leurs mains.

— Vous voulez dire qu'il n'y a pas de cuiller, de bol ou de verre ? Ils doivent boire dans leurs mains ?

— Exactement. C'est beaucoup plus amusant ainsi.

— Sans doute. Seulement, moi, c'est de l'essence que je voulais, dit Hervé. Dans le réservoir, pas dans les mains.

— Ah ! mais il fallait le dire alors, jeune homme !

La pompiste fit le plein d'essence de la Topolino.

Dans la voiture, l'oiseau donna un petit coup de coude à Bozo.

— Qu'est-ce qu'il y a ? demanda Bozo, tout bas.

L'oiseau chuchota quelque chose à l'oreille du clownelet, en faisant attention de ne pas se faire remarquer.

— Tu es tombé sur la tête, l'oiseau. Tu délires ! murmura Bozo. De toute façon, tu sais bien que je ne sais pas lire.

Mais l'oiseau savait lire, lui.

Il regarda de nouveau par la fenêtre de la voiture.

Sur une poche de l'uniforme de la pompiste, on pouvait lire un nom :

Mademoiselle Calmant.

Chapitre 4

Bozo a une idée derrière la tête

Malgré l'enthousiasme de ses parents, Bozo, quant à lui, n'était pas sûr de vouloir rester un bébé toute sa vie.

Ce soir-là, couché dans son berceau, il confia son inquiétude à l'oiseau.

— C'est bien d'être bébé, mais il me semble que ça doit être pas mal de grandir aussi.

— Oh, tu sais, je suis assez mal placé pour te conseiller. Nous, les animaux en peluche, avons plutôt tendance à rester de la même taille durant toute notre existence.

— Évidemment.

— Bien que, continua l'oiseau en plongeant dans ses souvenirs, j'avais un lointain cousin, du côté de ma mère, qui était fait de coton et qui avait un jour beaucoup rétréci.

— Je ne veux pas rétrécir, l'oiseau, je veux grandir !

— Grandir, rétrécir, l'important c'est ce qu'il y a à l'intérieur, tu sais. Par exemple, moi, si on en croit cette étiquette… Attends voir…

L'oiseau tentait de saisir un petit morceau de tissu blanc qui était cousu sous son aile.

— Voilà ! Vois-tu, moi, je suis « entièrement bourré de matériel synthétique recyclé et non toxique à 100 % ». Cent pour cent ! répéta fièrement l'oiseau, c'est pas mal, non ?

— C'est ta tête qui est bourrée à 100 % !

— Oh ! Ma tête ! Ne m'en parle pas. J'ai si mal encore ! se lamenta l'oiseau en tâtant l'immense turban de gaze qui lui couvrait toujours le crâne.

— C'est ta faute aussi, rouspéta Bozo. Si tu ne m'avais pas expliqué ce que c'était un anniversaire, je n'aurais pas si envie d'en avoir un maintenant.

— C'est ça ! Accuse ton meilleur ami. Après tout ce que j'ai subi ces derniers jours, en voilà de la sympathie !

— Oh écoute. Pardon l'oiseau. Je ne voulais pas te vexer.

— C'est trop facile d'être méchant puis de s'excuser après, comme si de rien n'était. Et d'ailleurs qu'est-ce que tu as soudainement à vouloir grandir ? C'est toujours toi qui aimes à répéter que tu n'es pas un clown, mais un clownelet. Un petit clown ! Tu devrais être content, tu as ce que tu voulais !

— C'est bon. Tu as gagné. Avoue tout de même que ce n'est pas normal ça, être né un jour qui n'existe pas dans le calendrier. C'est louche, non ?

— En effet. C'est un peu louche.

Bozo réfléchit un moment.

— À mon avis, il faudrait faire des recherches, reprit-il. Le docteur Rologue n'est peut-être pas le plus grand spécialiste de ces questions, on pourrait peut-être essayer d'en trouver un meilleur? Et son livre ne doit pas être le seul à contenir des renseignements sur les clownelets, tu ne crois pas?

— Des recherches? T'es fou? Tu es bien trop petit pour te promener tout seul et poser des questions aux gens! Et même si tu pouvais, avec ton gros nez et tes cheveux rouges, tes rayures bleues partout et ces cymbales aussi qui n'arrêtent pas de faire du bruit aux moments les plus inopportuns…

— Ça va, ça va, pas besoin d'en rajouter, dit Bozo, froissé.

— D'accord, mais tu conviendras que tu risques d'attirer beaucoup l'attention. Et les livres? Comment les trouver? En plus, tu ne sais même pas lire.

— Tu sais lire, toi! s'exclama Bozo.

— Ah non! Ne me mêle pas à tes histoires tordues. J'ai un de ces mal de tête! «Tu sais lire», la belle affaire! Tu nous vois entrer tous les deux dans une bibliothèque et demander où se trouve la section des clownelets pour que je puisse te faire la lecture? Ils vont appeler la police, c'est certain ! Tu veux lire ? Va apprendre à l'école ! conclut finalement l'oiseau.

— Tu n'y penses pas ? C'est qu'il faut faire vite, tu sais ? Le mois de mai achève, il ne nous reste que quelques jours si je veux un anniversaire ! dit Bozo, soudainement très inquiet.

— Alors demande à tes parents de t'aider. Ils sont là pour ça, non ?

— Non, justement. Ils sont tellement contents que je reste bébé. Ça leur briserait le cœur de savoir que je veux grandir. Tu es vraiment le seul qui puisses m'aider.

— Mouais, marmonna l'oiseau, pas convaincu.

— Et dans les bibliothèques, il y a sûrement des livres de médecine. Tu pourrais en profiter pour vérifier si tu es vraiment malade !

— Attention, on vient ! fit l'oiseau.

Isabelle, qui passait près de la chambre, entendit des voix et ouvrit la porte.

— Bozo, tu ne dors pas mon chéri ? À qui tu parles comme ça ?

— Je parle tout seul, maman. Je me raconte des histoires pour m'endormir.

— Dors, mon lapin. Demain, tu retournes à la garderie des Petits choux à la crème. Bonne nuit.

— 'Nuit, maman.

Isabelle referma la porte.

— La garderie! dit Bozo. Je crois que j'ai une idée!

Bozo chuchota son plan à l'oreille de l'oiseau.

— Écoute plutôt ta mère et dors, rétorqua l'oiseau qui était bien fatigué. Et essaie de ne pas me réveiller avec tes cymbales et tes klaxons, si tu veux bien.

— Quels klaxons? demanda Bozo.

— Les klaxons que tu as sous les aisselles, espèce de clown. Ça fait du bruit quand tu te ramènes les bras près du corps.

Bozo se serra les bras près du corps pour essayer.

« Hhhann!! »

— Hi hi! Ah! dis donc, je n'avais pas remarqué! fit Bozo très étonné de son exploit.

Il essaya encore.

« Hhann!! »

— Bravo! Ça va maintenant. Au dodo, le clownelet, dit l'oiseau en tirant sur la couverture.

« Hhoonn ! »

— Misère ! grommela l'oiseau, la tête sous l'oreiller pour ne pas en entendre davantage.

▲ ▼ ▲

Le lendemain matin, Hervé vint réveiller Bozo.

— Allez Bozo, debout ! On va à la garderie ce matin.

Bozo ne se fit pas prier. Il se leva tout de suite et enfila ses chaussures.

L'oiseau qui sommeillait encore regardait Bozo d'un œil à moitié ouvert.

— C'est tout ce que tu portes, des chaussures ?

— J'ai mes chaussettes aussi, regarde… fit Bozo en montrant ses pieds, très grands pour un bébé.

— Oui, c'est bon. Mais autrement, tu es tout nu, non ?

Bozo s'examina de haut en bas dans la glace de la commode.

— Je ne suis pas vraiment tout nu, j'ai mon nez rouge, mes rayures bleues, mon papillon vert !

— En effet, ça habille beaucoup ça, les rayures, fit l'oiseau en s'étirant pour mieux se réveiller.

— Allez, grouille, ordonna Bozo en sortant vivement l'oiseau du lit.

Il l'emporta avec lui dans la cuisine.

Bozo et ses parents prirent leur petit-déjeuner rapidement et sortirent ensuite pour prendre place dans la Topolino rouge, toujours fidèle au poste devant la maison.

— Tout le monde est là ? demanda Hervé en regardant dans le rétroviseur. Alors filons, je sens que je vais avoir beaucoup de clients aujourd'hui.

— Oui, mon amour, mais n'oublie pas que tu as promis de venir avec moi ce midi choisir des rideaux pour la chambre du petit, rappela Isabelle.

— Oh non, Isabelle, je vais être très occupé. Tu ne peux pas y aller toute seule ?

— C'est ça, et quand je reviendrai, tu me diras qu'ils ne sont pas à ton goût !

— Allô allô, j'appelle Hervé, j'appelle Hervé ! fit la radio dans le taxi.

La radio ne fonctionnait pas toujours très bien, aussi tout ce qu'on entendait c'était :

« Crouitch,… vé… Crouitch, …pelle Herv…»

— Tu entends, Isabelle? Je crois qu'on essaie déjà de m'appeler.

— Eh oui, on t'appelle, mon chéri, alors, réponds… suggéra Isabelle avec son plus beau sourire.

— Allô, ici Hervé, m'entendez-vous? fit Hervé dans le micro de la radio.

« Crouitch,… Herv…, … pelle, … vé…!» fit encore la radio.

Hervé manipulait les boutons de la radio pour améliorer la réception.

— Voyons, elle ne fonctionne donc jamais cette radio de croûte? fit Hervé qui s'impatientait en tournant les boutons.

Isabelle s'empara du micro.

— Allô Victor? C'est Isabelle, comment vas-tu?

— Bonjour Isabelle, répondit le répartiteur de la compagnie de taxis. Hervé n'est pas là?

— Bien sûr qu'il est là. Mais il ne sait toujours pas comment faire fonctionner sa radio, le cher homme.

— Ah ça ! Il n'apprendra jamais ! blagua Victor. Passe-le moi quand même, si tu veux bien.

Isabelle donna le micro à Hervé.

— Tu vois, mon chéri, tu n'as qu'à poser ton doigt sur ce gros bouton rouge pour parler, susurra Isabelle.

Hervé, contrarié, saisi le micro en faisant des gros yeux.

— Allô Victor, c'est toi ?

— Allô Hervé. Oui, c'est Victor, qui veux-tu bien que ce soit ?

— Bon, toi aussi tu t'en mêles ? Alors, on est très occupés aujourd'hui, n'est-ce pas ? Beaucoup de clients ?

— Non, pas particulièrement. Je t'appelais justement pour te dire de prendre tout ton temps. Il n'y a pas de presse.

— Tu entends, mon chéri ? s'exclama Isabelle. Tu auras tout le temps de venir avec moi ce midi choisir les rideaux.

Hervé fronça les sourcils.

— Merci Victor, c'est très utile que tu me dises ça maintenant, fit Hervé dans l'émetteur de la radio.

— Y a pas de quoi ! conclut Victor. Bonne journée Isabelle, à plus tard Hervé !

— C'est ça, à plus tard, coupa Hervé, en raccrochant l'émetteur.

Hervé continua sa route sans dire un mot, puis arrêta finalement la voiture devant le bureau de la sécurité sociale pour déposer Isabelle à son travail.

— N'oublie pas, Hervé. À midi, devant le magasin de rideaux ! réitéra Isabelle avant de fermer la portière.

Hervé répondit « oui oui » entre les dents et repartit en faisant crisser les pneus de la Topolino.

— Bon. Alors toi, mon bonhomme, en vitesse à la garderie, annonça Hervé en fixant Bozo dans son rétroviseur.

Ils arrivèrent en dérapage contrôlé devant la garderie des Petits choux à la crème, où la grosse dame et son petit chien les attendaient.

Bozo se pencha pour dire un mot à l'oreille de l'oiseau.

— Alors, c'est d'accord ?

— C'est d'accord, fit l'oiseau.

Hervé sortit de la voiture et alla ouvrir la portière du passager.

— C'est bon, papa, tu es pressé, je peux marcher, proposa Bozo en descendant de la Topolino.

— Tu es gentil, mon bonhomme, à plus tard.

Hervé retourna dans la voiture et partit aussi vite qu'il était arrivé.

La grosse dame de la garderie des Petit choux à la crème, et son petit chien, vinrent ouvrir à Bozo.

— Bonjour, mon petit, ça va aujourd'hui ?

— Bonjour, madame. Oui, ça va, merci.

— Entre, on va s'amuser.

Toute la matinée, Bozo joua un peu avec des blocs, puis avec un casse-tête, mais il était bien distrait et regardait souvent la grande horloge de la cuisine.

À midi moins cinq, il se leva soudainement et se mit à pleurer très fort.

— Ouinnnn ! Ouinnnn !

Alertée pas ces cris, la grosse dame vint rejoindre Bozo. Son petit chien aussi, d'ailleurs.

— Qu'est-ce qui se passe, Bozo ? Tu as du chagrin ?

— Mon oiseau ! J'ai oublié mon oiseau dans la voiture ! dit-il entre deux sanglots.

— Mais tu n'as rien dit de toute la matinée ?

— Ouinnn! Je croyais l'avoir avec moi. Je viens seulement de m'en apercevoir!

— Ce n'est pas bien grave, convint la grosse dame. Tu le reverras ce soir ton oiseau.

Bozo prit une grande respiration et se remit à pleurer encore plus fort. Tellement fort que le petit chien alla se réfugier sous un lit au deuxième étage.

— Nooon! Je veux mon oiseau tout de suite! Ouinnnn!

La grosse dame, qui avait bon cœur et qui souhaitait que Bozo cesse de lui casser les oreilles, eut soudain une idée.

— J'ai une idée! Nous allons:

a) te remplir la bouche de chaussettes et t'enfermer dans une boîte à chaussures pour ne plus t'entendre pleurer, c'est d'accord?

b) appeler la compagnie de taxi et demander qu'on rejoigne ton père pour lui dire de passer par ici porter ton oiseau, c'est d'accord?

c) tous nous mettre à pleurer le plus fort possible jusqu'à ce que ton père nous entende et qu'il vienne te chercher, c'est d'accord ?

d) te fabriquer un autre oiseau avec un poulet que j'ai au congélateur et sur lequel nous allons coller des plumes, c'est d'accord ?

Bozo cessa aussitôt de pleurer.

— C'est une excellente idée, madame, déclara Bozo en reniflant juste un petit peu.

La grosse dame appela la compagnie de taxis et expliqua la situation à Victor.

— Très bien, madame. Je comprends. Je l'appelle tout de suite, conclut le répartiteur.

Dans une rue de la ville, Topolino était stationnée devant un magasin de rideaux et discutait avec l'oiseau.

— Tu crois que Hervé y sera longtemps dans ce magasin, Topolino ?

— Tu penses ! Choisir des rideaux ça peut être très long, tu sais. Il en a pour tout l'après-midi, affirma la petite voiture rouge.

— Allô allô ! J'appelle Hervé ! fit la radio du taxi.

— Ça y est ! dit l'oiseau. Qu'est-ce que je fais ?

— Il faut répondre, indiqua la voiture à l'oiseau.

— Répondre ? Mais ils vont me reconnaître !

— Pas du tout, je t'assure. Cette radio fonctionne souvent très mal, Victor ne verra pas la différence.

L'oiseau prit l'émetteur et toussa un peu pour s'éclaircir la voix.

— Allô allô, ici Hervé. Je ne suis pas un oiseau, je suis Hervé, avisa nerveusement l'oiseau dans l'émetteur.

— Allô Hervé, c'est Victor. Ta radio ne fonctionne pas bien encore, tu as une drôle de voix.

L'oiseau suait à grosses gouttes, mais il continua.

— Oui Victor, cette radio de croûte fonctionne bien mal aujourd'hui, répondit l'oiseau. Je t'écoute.

— C'est la grosse dame de la garderie qui a appelé. Bozo a oublié son oiseau. Tu peux aller le lui porter ?

— Oui oui, pas de problème Victor. On y va !

— Parfait. J'appelle la grosse dame pour lui dire que tu arrives.

— Attends un peu, Victor! ajouta soudain l'oiseau. Dis-lui que je vais emmener Bozo au restaurant. Qu'il m'attende sur le trottoir, je suis pressé, d'accord?

— Dac! fit Victor avant de raccrocher.

L'oiseau raccrocha aussi, puis il s'effondra sur la banquette.

— Ouf! Dans quelle aventure ridicule il m'emmène encore ce clown! On va se faire prendre, je le sens.

— Pas de temps à perdre, l'oiseau. On y va. Je connais le chemin, clama Topolino en démarrant.

Ils arrivèrent rapidement devant la garderie. Bozo attendait sur le trottoir comme prévu. Il monta dans la voiture.

— Vite, démarre! La grosse dame nous regarde par la fenêtre. Elle va remarquer quelque chose! dit Bozo.

Et ils repartirent à toute vitesse.

Comme la Topolino arrivait au bout de la rue, une voiture de police se mit en travers de la route et les amis durent s'arrêter.

— Ça y est ! s'étrangla l'oiseau en panique. On est cuits.

L'agent de police descendit de sa voiture et s'approcha. Bozo s'était assis au volant et il descendit la vitre du conducteur.

— Bonjour, Monsieur l'agent, fit Bozo avec son plus beau sourire. Il y a un problème ?

— On dit Madame l'agent, mon petit bonhomme. Vous êtes bien jeune et vous conduisez bien vite ! Vous allez où comme ça ? demanda-t-elle.

— Oh ! on se promène, c'est tout.

La policière écrivit quelque chose dans son carnet de contraventions. Elle détacha la feuille et la remit à Bozo, dont la tête arrivait à peine à la hauteur du volant.

— Bon, ça va pour cette fois-ci. Je ne vous donne qu'un avertissement. Mais soyez prudents ! Allez, circulez !

Elle retourna à sa voiture et s'en alla.

Dans la Topolino, Bozo tentait de réanimer l'oiseau qui s'était évanoui.

— Réveille, l'oiseau. Il n'y a plus de danger. Elle est repartie.

— Quoi ? Où suis-je ? Qu'est-ce que c'est que ce papier ? demanda l'oiseau en regardant la feuille que Bozo tenait à la main.

— Ça ? C'est la contravention qu'elle nous a collée. C'est juste un avertissement.

— Fais voir ?

L'oiseau prit le bout de papier et lut à haute voix.

« Heure de l'infraction : Midi et une minute.

Type d'avertissement :

Ceci n'est pas une récompense. Ceci est une contravention pour tous les jeunes automobilistes qui ont répondu a), c) ou d). Vous devrez vous coucher quatre minutes plus tôt que d'habitude ce soir. Ça vous apprendra.

Nom de l'agent de police : Constable Calmant. »

L'oiseau redonna le papier à Bozo et s'évanouit de nouveau.

— C'est pas juste, conclut Bozo.

Chapitre 5

Bozo fait des recherches

Nos amis étaient toujours stationnés au bout de la rue de la garderie.

— Le temps presse, les gars, lança Bozo. Par où on commence ?

— « Les gars » ? Je ne suis pas un gars, je suis un oiseau, répondit l'oiseau. Un oiseau blessé, ajouta-t-il, en touchant son gros pansement sur la tête.

— Et moi, je suis une voiture italienne, commenta Topolino.

— Bravo ! On va vraiment gagner du temps si vous discutez tout ce que je dis comme ça ! dit Bozo.

— Alors moi, dit l'oiseau, je suggère qu'on retourne tout d'abord à la garderie te déposer puis, Topolino et moi, on ira ensuite se stationner devant le magasin de rideaux.

— Espèce de peureux, répondit Bozo. On ira plus tard à la garderie. Pour le moment, il faut commencer nos recherches sur le 32 mai, il ne reste plus beaucoup de temps.

— On pourrait commencer par la bibliothèque ? avança Topolino, car elle aimait bien avancer.

— Ça c'est une idée ! s'exclama Bozo. Oui, allons tout de suite à la bibliothèque !

Topolino, qui connaissait bien les rues de la ville, les conduisit rapidement devant la bibliothèque municipale.

— Attends-nous ici, ordonna Bozo à la petite auto rouge.

Bozo prit l'oiseau à bras le corps et l'emporta avec lui hors de la voiture.

Il y avait beaucoup de monde sur le trottoir. Tous les gens marchaient vite, car c'était l'heure du midi. Bozo et l'oiseau se frayèrent tant bien que mal un chemin parmi cette foule de passants affairés et entrèrent dans la bibliothèque sans se faire remarquer.

La bibliothèque était déserte, si ce n'était de Benoît Tremblay, le bibliothécaire timide, qui mangeait un sandwich assis à son bureau.

— Qu'est-ce qu'on fait maintenant ? demanda l'oiseau.

— Allons demander de l'aide à ce monsieur, il n'a pas l'air bien dangereux.

En effet, Benoît Tremblay n'était pas dangereux du tout.

Il était surtout très timide. Mais ça ne l'empêchait pas d'être un excellent bibliothécaire, parce qu'il était très minutieux et aimait beaucoup le silence.

Bozo s'approcha.

— Bonjour, Monsieur. Avez-vous des livres sur les clowns ?

Benoît Tremblay fut très surpris de voir ce très petit bonhomme avec un nez et des cheveux rouges, des rayures bleues sur le ventre et un papillon vert sur le cou. Et que dire de cet oiseau exotique avec un turban sur la tête ?

« C'est sans doute un touriste. Un roi pygmée ? » pensa-t-il.

— Bonjour, dit le bibliothécaire. Vous êtes en voyage chez nous ?

— En voyage ? Pourquoi vous me dites ça ? demanda Bozo, sur ses gardes.

Benoît regretta soudain d'avoir posé cette question à cet étranger. Il eut peur de l'avoir offusqué.

— Pardonnez-moi. C'est votre costume. On en voit rarement par ici, dit-il nerveusement. C'est vraiment très très joli.

Bozo s'aperçut de la méprise du bibliothécaire.

— Ah ! Mon costume ! Eh bien oui, voyez-vous, mon ambassade m'envoie chez vous faire des recherches sur les coutumes de votre pays. Les fêtes, les clowns, les dates, les calendriers, tout ça, quoi, fit Bozo d'un air détaché. Vous avez des livres là-dessus, à n'en pas douter…

— Des livres ? répondit le bibliothécaire, avec soulagement. Laissez-moi vous montrer.

Benoît Tremblay connaissait par cœur tous les livres de sa bibliothèque. Il emmena nos deux amis dans un coin tranquille et leur apporta bientôt un chariot rempli de volumes sur tous les sujets que Bozo avait énumérés.

— Magnifique! s'exclama Bozo. Maintenant, laissez-nous. Nous avons des recherches à faire.

— Très bien, monsieur. Monsieur…? demanda respectueusement Benoît, qui voulait connaître le nom de son invité.

— Je suis le Prince-ambassadeur-du-Royaume-de-Bozöanie, annonça Bozo avec majesté. Mais vous pouvez m'appeler Bozo, ajouta-t-il plus simplement.

— Merci, Monsieur Bozo. Ça sera tout? demanda humblement Benoît Tremblay, très impressionné d'avoir dans sa bibliothèque un tel visiteur de marque.

— Oui oui, ça ira, mon brave, répondit Bozo, toujours imprégné de son nouveau personnage. À moins que…

Il jeta un coup d'œil à l'oiseau.

— Tu as faim, toi?

L'oiseau opina du turban.

— Oui, c'est ça. Apportez-nous un petit quelque chose à grignoter. Nous avons un royal petit creux. Vous avez des sucreries? demanda Bozo.

— Euh… J'ai mon lunch… Je ne sais pas si… hésita Benoît, bien embêté par cette nouvelle requête.

— Ça ira très bien. Apportez-nous tout ça, si vous voulez bien, mon ami.

Benoît se plia en deux pour saluer ses hôtes et se retira doucement en marchant à reculons.

« Mon ami ! Il m'a appelé *Mon ami* ! » pensait le bibliothécaire en galopant vers son bureau.

— Regarde tous ces livres, dit Bozo. On va certainement trouver ce qu'on cherche là-dedans !

— Et on cherche quoi au juste déjà ? demanda l'oiseau.

— Mais tu sais bien ! Il faut trouver des informations sur les calendriers, les dates de naissance des clowns ou des clownelets, le 32 mai en particulier. Je veux absolument savoir quand j'aurai mon prochain anniversaire ! C'est pourtant simple, non ?

L'oiseau regardait la pile de livres devant lui et ne savait trop par où commencer.

— Bon. Faisons tout d'abord l'inventaire de ce que nous avons ici, suggéra l'oiseau.

L'oiseau prit un à un les livres et en lut les titres.

— *Les calendriers à travers les âges*, oui ; *Napoléon et son calendrier républicain*, non ; *Fêtes et anniversaires des gens riches et célèbres*, non ; *Clowns et bouffons de la région du Bas-du-fleuve*, oui ; *Phénomènes de fécondité farfelue chez les femmes férues de friandise* ; tiens, ils en ont un exemplaire eux aussi…

L'oiseau commença sa lecture.

Puis il continua sa lecture.

Puis il poursuivit sa lecture.

Très concentré, il voyageait d'un livre à l'autre, prenant parfois des notes sur un bout de papier. De temps en temps, il murmurait des « Tiens tiens… » ou des « Très intéressant… », l'air bien sérieux.

Bozo s'impatientait. Surtout que l'heure du repas achevait et des gens commençaient à entrer dans la bibliothèque. Personne, heureusement, ne semblait toutefois faire attention à Bozo et à son ami.

— Alors ? Tu trouves ? interrogea finalement Bozo.

— Quoi, « alors » ? Ça prend du temps ces choses-là tu sais ? Tu as vu la quantité de livres qu'il y a sur la table ?

Au même moment, Benoît Tremblay vint les retrouver. Il avait composé une assiette pour ses invités avec les restes de son goûter.

— J'espère que ça ira, dit-il, en déposant l'assiette sur la table de travail.

Bozo, qui avait très faim, prit tout de suite quelque chose dans l'assiette qui ressemblait à un bonbon rouge.

— Merci, mon ami. Vous êtes bien gentil, déclara Bozo en avalant le bonbon.

— Dites donc, continua-t-il. Vous, les calendriers, ça vous connaît ?

— Ah ! dit fièrement Benoît, j'avoue que les dates, c'est ma spécialité.

— Alors ça tombe bien, reprit Bozo, parce que justement, nous, on aimerait en savoir plus sur le 32 mai.

— C'est une excellente question, Monsieur le Prince. Car voyez-vous, dans ce livre, justement…

Benoît prit alors le livre sur Napoléon que l'oiseau avait mis de côté et se mit à raconter tout ce qu'il savait sur le sujet.

— Napoléon était un empereur, un peu comme vous Monsieur le Prince. Un jour, l'empereur Napoléon décida d'établir un nouveau calendrier. Et selon celui-ci, le mois de mai correspondait à peu près au mois de Prairial. Alors le 31, ou le 32, ça aurait donc été le onze ou le douze Prairial. Mais cet autre livre parle du calendrier romain, et là aussi, les dates sont complètement différentes.

— Ah bon ? fit Bozo, qui commençait à être étourdi par cette abondance d'information.

— Il y avait même, à cette époque, ce qu'on a appelé l'année de confusion, continua le bibliothécaire. Et il faut considérer les années lunaires par opposition aux années solaires. Par ailleurs ce qu'il y a d'intéressant, c'est le jour des fous, ou des bouffons, qui lui, selon ce calendrier ou un autre, arrivait...

Benoît Tremblay arrêta soudain son discours, car Bozo commençait à faire de drôles de grimaces.

— Oh là là ! qu'est-ce qui m'arrive ? bredouilla Bozo qui se sentait tout à coup atteint de fièvre.

— Vous ne vous sentez pas bien ? demanda Benoît.

— Ce bonbon, c'est le bonbon...
répondit Bozo, dont le nez rouge gros-
sissait à vue d'œil, et dont les oreilles
vibraient comme les ailes d'un colibri.

— Quel bonbon ? demanda Benoît.

Il regarda l'assiette.

— Ce ne sont pas des bonbons, ce sont
des radis !

L'oiseau, qui était resté muet depuis
l'arrivée du bibliothécaire, ne put alors
réprimer un cri.

— Oh non ! La crise !

En effet, comme on le sait, Bozo était
très allergique à tous les aliments qui
n'étaient pas des sucreries, des bonbons ou
des friandises, et provoquaient chez lui de
graves crises de clownerie.

— Vite ! dit l'oiseau. Filons !

Mais il était déjà trop tard.

Bozo s'était mis à danser et des bulles
sortaient de sa bouche, retombaient
ensuite par terre et devenaient des balles
de caoutchouc qui rebondissaient partout.

— Aide-moi, l'oiseau, je crois que j'ai
une crise !

L'oiseau prit la main de Bozo et tenta
de le retenir. Mais Bozo commença à jon-

gler avec tout ce qu'il trouvait, des livres, l'assiette du goûter et l'oiseau y compris.

— Aaaaaah! hurla l'oiseau qui se retrouva ainsi dans les airs.

Puis Bozo se mit à péter une drôle de chanson. Ses cymbales entre ses genoux et les klaxons sous ses bras se mirent aussi de la partie.

« Proooout! Proouuut! Ziing-zing! Hooon! Proouutt! Pett-fizz-Hooon, zingggg! »

— Mais arrête! Tu vas nous faire remarquer! criait l'oiseau dans les airs, victime de la jonglerie du clownelet.

Les gens, qui étaient venus à la bibliothèque pour lire tranquillement, n'en croyaient ni leurs yeux ni leurs oreilles. Une foule de plus en plus nombreuse s'attroupait autour de Bozo. Certains tombaient par terre en glissant sur les balles de caoutchouc.

— Monsieur le Prince! Monsieur Bozo! Que vous arrive-t-il? s'écriait Benoît Tremblay au travers de ce tumulte.

Bozo continuait de nourrir ses pitreries à même l'auditoire qui s'était formé autour de lui. Il pinça le nez d'un vieux monsieur à lunettes, tira les tresses d'une jeune fille, tout en jonglant avec tout ce qu'il trouvait : les lunettes du monsieur, des livres, l'assiette du goûter, des crayons, des chaussures qu'il enlevait aux spectateurs.

Pour accompagner ses chansons de pets et de klaxons, il sortait des flûtes et des tambours d'on ne sait où. Il jouait de celles-ci avec le nez et de ceux-là sur la tête des gens qu'il trouvait sur son passage.

— Arrête, je t'en supplie, cria de nouveau l'oiseau qui n'en pouvait plus.

La plupart des spectateurs riaient beaucoup de ces clowneries, mais ceux qui étaient tombés par terre ou se faisaient cogner dessus à coups de tambour trouvaient la chose moins drôle.

Au moment où Bozo s'apprêtait à lancer une tarte à la crème au visage de Benoît Tremblay, on entendit un grand « Bangg ! » qui venait de l'entrée.

C'était Topolino qui, se doutant de quelque chose, avait démarré son moteur, gravi les escaliers et défoncé les grandes portes d'entrée de la bibliothèque municipale.

Bozo arrêta soudain sa jonglerie et l'oiseau tomba sur le plancher, tête première.

— Ouille! Ma tête! se plaignit l'oiseau.

Topolino fit vrombir son moteur et klaxonna à tue-tête pour faire reculer la foule.

Bozo et l'oiseau ne firent ni une ni deux et s'engouffrèrent dans la petite auto. Topolino fit demi-tour et repartit à toute vitesse, ses amis à son bord.

La crise de Bozo passée, le calme revint peu à peu dans la voiture.

— Ouf! Il était temps que tu arrives Topolino, je crois que les choses commençaient à se gâter, dit Bozo.

— «Commençaient à se gâter»? répéta l'oiseau en colère. C'est incroyable! Non seulement tu fais l'imbécile, tu fais tomber tout le monde, tu leur ôtes les chaussures des pieds, tu leur tires les cheveux, tu jongles avec tout ce que tu trouves, mais encore tu, tu... bégaya-t-il d'indignation.

— Tu, tu quoi? se moqua Bozo.

— Tu me laisses tomber sur la tête! Sur la tête! Entends-tu?

— Oh ! je n'ai pas fait exprès, tu sais bien, dit Bozo.

— Espèce de pitre ! lui cria l'oiseau.

— Ça suffit ! intervint Topolino, en freinant soudainement.

L'auto avait arrêté si sec que Bozo et l'oiseau se retrouvèrent tous les deux le nez dans le pare-brise.

— Ça va ? Vous ne vous êtes pas fait trop mal au moins ? demanda la petit voiture.

Un peu sonnés, Bozo et l'oiseau reprirent leur place, en se frottant le nez.

— Je suis désolée, mais je crois que ce n'est pas le moment de se disputer, continua Topolino. Avez-vous au moins obtenu des informations utiles à la bibliothèque ?

— Pas vraiment, raconta l'oiseau. Bozo a commencé sa crise de clownerie juste comme le bonhomme de la bibliothèque allait nous expliquer quelque chose.

— C'est vrai. Il a parlé de Napoléon, des Romains…

— Du jour des bouffons et de l'année de confusion aussi, il me semble, ajouta l'oiseau.

— Qu'est-ce que ça veut dire, vous croyez ? demanda l'auto.

Bozo et l'oiseau haussèrent les épaules. Ils n'en avaient pas la moindre idée.

— Allô allô ! J'appelle Hervé ! J'appelle Hervé ! retentit la radio de la voiture.

— Zut ! La radio ! s'exclama Bozo. Victor tente de joindre mon père ! Qu'est-ce qu'on fait ?

— C'est peut-être justement ton père qui a appelé Victor au téléphone et qui se demande où est passée sa voiture ? suggéra l'oiseau avec inquiétude.

— Il n'y a qu'un moyen de le savoir, déclara Bozo en s'emparant du micro. Tiens ! dit-il en le donnant à l'oiseau. Il connaît déjà ta voix. Réponds !

L'oiseau roula des yeux pour montrer son mécontentement, mais il s'exécuta tout de même.

— Allô allô, ici Hervé, fit l'oiseau dans le micro. Qu'est-ce qui se passe ?

— Allô Hervé, c'est moi, répondit Victor, tu as un client au 11, de l'avenue Prairial. Tu sais où c'est ?

L'oiseau avait la bouche grande ouverte et ne savait pas quoi dire.

— Dis-lui qu'on y va et raccroche. On s'arrangera après, lui souffla Bozo.

— Euh… On y va, Victor, on s'arrangera après, dit l'oiseau. Et il raccrocha.

— Le 11, de l'avenue Prairial, ça me dit quelque chose, pensa Bozo, à haute voix.

— Moi, ça ne me dit rien de bon, se plaignit l'oiseau. On ne va tout de même pas commencer à faire le taxi ? !

« Toc toc toc ! » entendit-on soudain à la fenêtre de la voiture.

— Qu'est-ce que… sursauta l'oiseau.

« Toc toc toc ! »

— Ouvrez ! fit la dame qui frappait sur la vitre avec sa canne blanche.

— Oh ! Elle est aveugle, fit Bozo. Faisons-la monter.

Bozo ouvrit la portière.

— Bonjour madame, on peut vous aider ?

— C'est vous le taxi que j'ai appelé ? demanda la dame aveugle qui donnait des coups de canne partout dans la voiture pour trouver son chemin.

— Ouille ! gémit l'oiseau qui reçut la canne dans un œil.

— Un taxi ?

— Oui oui, le 11 de l'avenue Prairial, c'est vous le taxi, non ?

Topolino, l'oiseau et Bozo regardèrent le numéro de la maison devant laquelle ils étaient arrêtés depuis un moment. C'était bien le 11. Sur une poteau de téléphone tout près, on pouvait lire le nom de la rue : « Avenue Prairial ». Ils étaient très surpris.

— Alors, c'est vous ou c'est pas vous ? s'impatienta la dame qui s'était assise dans l'auto.

— Euh… C'est nous, dit Bozo. Où voulez-vous aller ?

— Au 12.

— Au 12 ? répéta Bozo.

— Oui, au 12, de l'avenue Prairial, ce n'est pas loin, vous verrez, vous qui avez de bons yeux.

— Mais, dit Bozo, c'est juste en face, non ?

— Évidemment que c'est en face, déclara la dame. Seulement, j'ai peur de traverser la rue. Je ne vois pas très bien, comme vous pouvez le constater, indiqua la dame en se faisant aller la canne dans toutes les directions.

— Bon. Allons-y, ordonna Bozo.

Topolino avança un peu, fit demi-tour et s'arrêta de l'autre côté de la rue, devant le 12, de l'avenue Prairial.

— Voilà ! annonça Bozo. Vous êtes arrivée.

— Merci, dit la dame.

Bozo regarda le compteur.

— C'est cinq sous, dit-il à la dame.

— Cinq sous ? Ce n'est pas bien cher. Alors tous ceux qui ont répondu c) gagnent cinq sous, annonça-t-elle en sortant de la voiture.

— Tous ceux qui ont répondu c) à quelle question ? demanda Bozo.

— Ah ! C'est une bonne question, jeune homme, rétorqua la dame, qui était maintenant sur le trottoir.

— Laquelle ? La mienne ou la vôtre ? demanda Bozo.

— Ça aussi c'est une bonne question que vous me posez-là.

— Oui, mais nous, c'est l'autre question qui nous intéresse, riposta Bozo.

— Laquelle ?

— La vôtre.

— J'ai posé une question, moi ? répliqua la dame.

— Pas encore, justement, c'est ce qu'on voudrait savoir.

L'oiseau, qui était assis entre la dame et Bozo et qui suivait les répliques du regard, devenait de plus en plus étourdi.

— Vous êtes bien impatient, commenta la dame. J'y arrive.

— Enfin ! soupira discrètement Topolino.

— Voici la question, commença la dame.

Est-ce que je suis :

a) Mademoiselle Clément ?

b) Mademoiselle Ciment ?

c) Mademoiselle Calmant ?

d) Mademoiselle Collant ?

Elle n'attendit pas la réponse. Elle referma la portière de la voiture, tourna les talons et s'enfuit en courant.

Chapitre 6

Ça se corse

Toujours assis dans la voiture, devant le 12, de l'avenue Prairial, Bozo avait peine à comprendre ce qui venait de se passer.

— Dis donc, l'oiseau, tu ne trouves pas ça bizarre toi, cette demoiselle Calmant qui nous suit partout?

L'oiseau resta muet.

— Non mais, c'est vrai, qu'est-ce que tu en penses, Topolino? D'abord le bureau du docteur Rologue, la station-service, l'agente de police et maintenant…

— C'est bizarre, en effet, répondit Topolino.

— Oui, c'est étrange, mais ça ne nous avance pas davantage. Le temps presse ! Papa cherchera bientôt sa voiture et on ne sait toujours pas si j'aurai mon anniversaire !

— Et ça doit être quand cet anniversaire ? demanda Topolino.

— Le 32 mai ! Et aujourd'hui, on est déjà le… C'est vrai, quelle date sommes-nous ? Tu le sais toi, Topolino ?

— Non. Les dates, je ne connais pas ça. Seulement les distances.

— Les distances ?

— Oui, quand je suis née, j'avais zéro kilomètre. Maintenant, j'en ai cinq cent quarante-trois mille six cent vingt-huit. 543 628, plus 0,02 kilomètre, si on compte la dernière course.

— Alors, tu n'as pas d'anniversaire toi non plus ?

— Ah ! Mais j'ai des vidanges d'huile ! Tous les 3 000 kilomètres ! Hervé prend grand soin de moi, je l'avoue.

— Et c'est bien, ça, les vidanges d'huile ? Est-ce que c'est un peu comme un anniversaire ?

— Je ne sais pas. Je n'en ai jamais eu d'anniversaire. Par contre, j'ai la rotation des pneus quatre fois l'an !

— Est-ce que tu peux inviter des amis ? Il y a un gâteau ?

— Non, pas de gâteau. Par contre, pour les amis, j'ai toi, Hervé, Isabelle, même l'oiseau, quand il n'est pas trop grognon…

Bozo donna un coup de coude à son oiseau noir.

— Eh ! L'oiseau ! Réveille, on a besoin de toi, espèce de grognon. Quelle date sommes-nous ?

L'oiseau ne disait toujours rien, assis sur la banquette, les yeux fermés.

Bozo le secoua un peu.

— Dis donc, l'oiseau, tu pourrais te grouiller au lieu de dormir. On a besoin de savoir la date. Qu'est-ce que c'est aujourd'hui ? Le 30 ? Le 31 ?

Toujours rien.

— Topolino ! Il ne veut pas se réveiller ! Je crois qu'il s'est évanoui pour de bon cette fois-ci !

— Voyons voyons. Traite-le de poulet en peluche, tu vas voir qu'il va se réveiller, suggéra Topolino, coquine.

— Poulet en peluche ! Poule mouillée ! essaya tout d'abord Bozo.

L'oiseau ne bougeait pas.

— Canard à l'orange ! Poussin de Pâques ! Réveille-toi donc, oiseau de malheur !

Rien.

— Ça ne marche pas ! s'écria Bozo, plein d'inquiétude.

— Essaie autre chose, proposa Topolino.

Bozo se mit à danser sur la banquette.

— Regarde, l'oiseau, c'est moi, le clownelet, le pitre ! fit Bozo, en faisant sonner ses cymbales et ses klaxons. Dis quelque chose !

Mais l'oiseau noir avec son turban et sa cravate demeurait immobile. D'ailleurs, il n'était plus très noir, il était même un peu gris.

— Et alors ? demanda la petite voiture.

— Ça ne va pas du tout ! Il faut faire quelque chose ! Vite, chez le docteur Rologue ! s'écria Bozo.

Topolino n'hésita pas une seconde.

a) Elle devint toute blanche avec une croix rouge sur le capot. En roulant à toute vitesse, elle fit pivoter son enseigne de taxi et la remplaça par une sirène d'ambulance et un gros gyrophare rouge.

b) Elle devint toute blanche et carrée. En roulant très doucement, elle fit sonner une petit clochette pour annoncer aux enfants du quartier que le camion de crème glacée était arrivé.

c) Elle resta toute rouge, mais elle devint très grande. En roulant à tout vitesse, elle fit pivoter son enseigne de taxi et la remplaça par une sirène de camion de pompiers et un gros gyrophare rouge. Il lui poussa une grande échelle sur le toit, et des boyaux d'incendie sur les côtés.

d) Elle devint toute verte et très grosse. En roulant très lentement, elle changea ses pneus en chenilles de char d'assaut et remplaça son enseigne de taxi par un gros canon.

« Ouiiiiiiiiinnnnnnn, ouiiiiinnnnnn », gémissait la sirène à tue-tête.

— Tenez-vous bien! avertit Topolino, en se faufilant à toute allure à travers les voitures et les piétons qui s'écartaient à son passage.

Alerté par le tintamarre de la sirène, le docteur Rologue était sorti et vit cette étrange ambulance qui arrivait en trombe devant sa clinique.

« Qu'est-ce que c'est que ce cirque ? » se dit-il.

Il aperçut bientôt Bozo, qui sortait en toute hâte de la voiture, en pleurs, l'oiseau gisant dans ses bras.

— Docteur ! Docteur Rologue ! Vous m'aviez dit de revenir vous voir si l'oiseau ne se sentait pas bien ! Regardez ! Je crois qu'il est mort ! se lamenta Bozo.

— Bozo ?! Mais où sont tes parents ? demanda le médecin, en recevant dans ses bras le corps inerte de l'oiseau que Bozo lui confiait.

— Faites quelque chose, je vous en prie, docteur ! C'est mon oiseau, c'est mon ami ! réussit à articuler Bozo à travers ses sanglots.

Sur le moment, le docteur ne savait trop quoi faire. Un clownelet qui lui apporte un oiseau en peluche qui se meurt ?

Les larmes de Bozo ne mentaient pourtant pas. Cet oiseau et ce clown étaient en détresse. Il fallait agir.

Ses réflexes de médecin d'expérience prirent vite le dessus.

— Viens! Entrons, je vais l'examiner! dit le docteur Rologue, en se précipitant à l'intérieur.

▲ ▼ ▲

— Tu as vu l'heure? demanda Hervé à Isabelle, en sortant du magasin de rideaux.

— Quoi, l'heure? répondit Isabelle en regardant sa montre. Eh oui, dis donc, il est déjà presque trois heures!

— C'est incroyable! Trois heures ça nous a pris pour choisir des rideaux! J'espère que tu es contente!

— Oui! Ils sont magnifiques! dit Isabelle en regardant dans le grand sac qu'elle portait à la main. Merci mon chou d'être venu avec moi, ajouta-t-elle en embrassant Hervé.

— Ça m'a fait plaisir, je t'assure, dit Hervé. Mais je suis très en retard, maintenant. Viens vite, je te reconduis à ton bureau et je me sauve parce que les clients...

Hervé arrêta soudain au bord du trottoir, l'air surpris.

— « Parce que les clients…? » reprit Isabelle.

— Ma voiture ! Où est ma voiture ? fit Hervé, hébété.

— Ta voiture ? Comment ça, ta voiture ? Où l'as-tu stationnée ? demanda Isabelle.

Hervé regardait autour de lui, incrédule.

— Je l'ai stationnée juste ici tout à l'heure ! Et maintenant c'est ce gros camion. Qu'est-ce que c'est que ça ?

— Voyons donc, tu as dû te stationner un peu plus loin, c'est tout.

— Pas du tout ! C'était juste ici ! Une place formidable ! Juste en face du magasin, comme dans les films !

— Les films ! Tu regardes des films de stationnement maintenant ? dit Isabelle.

— Mais non ! C'était trop beau ! On a volé ma voiture !

— Tu avais dû la stationner dans un endroit interdit. On l'aura remorquée, c'est tout, conclut Isabelle. Il faut appeler la fourrière municipale.

— La fourrière ?! Pas question ! On me l'a volée ! Ma petite Topolino, mon beau taxi rouuuuge… sanglota Hervé.

— Allez, reprends-toi, mon amour, ce n'est qu'une voiture après tout ! conclut Isabelle.

Hervé devint soudain très sérieux.

— Isabelle, tu sais que je t'aime plus que tout, mais tu ne comprends tout simplement pas ! Topolino, c'est ma meilleure amie, elle me comprend, elle me devine, elle me…

Isabelle fronçait les sourcils.

— Continue Hervé, parle-moi encore de cette voiture que tu aimes tant…

Hervé comprit vite qu'il valait mieux ne pas s'étendre sur le sujet.

— Je veux simplement dire que c'est mon outil de travail et j'en ai besoin. Et maintenant, elle a disparu, dit Hervé, assis sur le trottoir, la tête entre les mains.

— *La Dépêche* ! Achetez *La Dépêche* ! criait une jeune femme au coin de la rue.

Isabelle tourna la tête dans sa direction.

— Oh ! Regarde Hervé, c'est Sophie, Sophie Bouillon qui vend ses journaux là-bas ! dit Isabelle.

— Sophie qui ? demanda Hervé, en levant la tête.

— Sophie Bouillon, c'est moi qui lui ai trouvé ce travail, tu sais bien ? Avant, elle travaillait à la bibliothèque et elle insultait tout le monde, on a dû lui trouver autre chose. C'est Benoît Tremblay qui a pris sa place, tu te souviens[3] ?

— *La Dépêche* ! Achetez *La Dépêche* ou je vous casse la figure ! gueulait Sophie au coin de la rue.

— Bravo, Isabelle, elle a beaucoup de tact cette jeune fille, admit Hervé.

— Mais ça marche ! Regarde tous les gens qui s'arrêtent pour lui acheter ses journaux tellement ils ont peur d'elle !

En effet, Sophie, avec ses grosses bottines, ses anneaux partout dans le nez et dans les oreilles et son rouge à lèvres noir, terrifiait tout le monde. Elle était si menaçante que personne n'osait la croiser sans lui acheter un journal.

— *La Dépêche* ! espèces de poltrons, achetez-la ! C'est une édition spéciale, bande de pingouins !

Isabelle s'approcha et se fraya un chemin à travers la foule de passants qui don-

---

3. Vraiment, vous devriez lire la première aventure de Bozo Nolet-Leclou. Vous ne serez pas déçu.

naient de la monnaie à Sophie pour qu'elle cesse de les insulter.

— Sophie !

— Isabelle ? Quelle belle surprise !

Malgré son apparence grotesque et ses propos violents, Sophie avait un cœur d'or et ne demandait qu'à être aimée.

— Bien oui, c'est moi ! Ça marche toujours les journaux ?

— Si ça marche ? Regarde, c'est une édition spéciale ! Ça se vend tout seul ! assura Sophie, en interceptant un monsieur par la veste pour qu'il lui achète un exemplaire.

— Je veux bien t'encourager, ma belle, je t'en achète un.

— Toi, je te le donne ! dit Sophie, en lui mettant le journal dans les mains.

Isabelle lut machinalement le grand titre, sur la première page :

« Le Prince-ambassadeur de Bozöanie enlevé ! Un attentat ? »

— C'est qui ce prince ? demanda Isabelle.

— Écoute. Moi, je n'écris pas ces niaiseries, je les vends ! Tout ce que je sais, c'est qu'il y a un drôle de petit bonhomme avec un costume incroyable et un oiseau avec un turban qui a causé une émeute à la bibliothèque municipale tout à l'heure. C'était si formidable qu'ils ont imprimé une nouvelle édition, juste pour ça !

— Un drôle de petit bonhomme avec un costume et un oiseau ?

Isabelle lut rapidement l'article.

« Notre paisible cité fut le théâtre d'un événement sans précédent ce midi, alors que le Prince-ambassadeur de Bozöanie nous faisait l'honneur de sa présence. Il semble que ce prestigieux personnage ait tout d'abord demandé à ce qu'on l'informe sur les coutumes de notre région. "Il avait l'air bien poli et l'oiseau qui l'accompagnait, tout autant", nous a confié Penaud Trempé[4], le bibliothécaire de notre vénérable institution. »

---

4. Cela est un exemple de ce qui arrive lorsqu'un journaliste pressé ne prend pas le temps de vérifier l'information avant de la publier. C'est ce qu'on appelle « la presse écrite ». Sinon, il aurait su que le bibliothécaire s'appelait Benoît Tremblay et non pas Penaud Trempé, comme tous les lecteurs attentifs l'avaient déjà remarqué.

— Ça alors ! s'exclama Isabelle.

Elle continua sa lecture.

« Puis, lorsqu'on apporta au Prince de quoi se sustenter, il en fut si ravi qu'il se mit à donner un spectacle haut en couleurs, que notre modeste patelin n'est pas près d'oublier. "Il a jonglé avec mes chaussures", raconte un témoin. "Et moi, il m'a tiré les tresses", d'ajouter une jeune personne aussi présente sur les lieux. »

— C'est incroyable ! s'écria Isabelle. Elle lut encore.

« Soudain, venue de nulle part, une voiture rouge s'est sournoisement infiltrée dans l'assemblée et a kidnappé nos célèbres visiteurs. Est-ce un acte terroriste ? »

— Hervé ! Viens ici, regarde !

Hervé s'approcha et lut l'article du journal qu'Isabelle lui tendait.

— Oui, bon. On a enlevé ce bonhomme, et alors ?

— Tu ne trouves pas ça un peu étrange comme coïncidence ? Le drôle de costume, l'oiseau, le spectacle, la voiture ?

— Ah ? Tu veux dire…

— Tu as bien déposé Bozo à la garderie ce matin ?

— Bien sûr que oui, qu'est-ce que tu crois.

— Bon. Marchons vite jusqu'à mon bureau. Nous pourrons y faire quelques appels pour tirer tout ça au clair.

— Et ma voiture ?

— Oui, mon chou. On appellera pour ta voiture aussi.

Hervé vit un taxi qui passait dans la rue.

— Tiens ! Prenons plutôt un taxi.

Il fit signe à la voiture qui s'arrêta devant eux.

— Vite ! Au Bureau de la sécurité sociale, dit-il au chauffeur.

▲ ▼ ▲

Le docteur voulait bien tenter de consoler Bozo, mais soigner un oiseau en peluche ne faisait pas partie de ses compétences.

— Mon petit Bozo, je vois bien que tu es triste, mais ton oiseau n'est pas un vrai oiseau vivant, tu sais bien. Pourquoi es-tu venu me voir ? Est-ce que tes parents savent que tu es ici ? Qui est venu te conduire ?

C'était trop de questions à la fois pour le clownelet. Tout ce qu'il savait, c'est que son meilleur ami gisait immobile sur la table d'examen et qu'il ne pouvait rien y faire. Il était désespéré, au point qu'il ne souhaitait même plus avoir d'anniversaire.

— Docteur, commença Bozo, en se ressaisissant un instant. Vous savez garder un secret ?

— Oui, mon bonhomme. Même que dans mon métier, on appelle ça le secret professionnel.

— Alors, écoutez-moi bien.

Bozo raconta au docteur comment il avait tenté de découvrir s'il allait avoir un anniversaire cette année. Il lui parla de ses recherches, en prenant soin de ne pas mentionner certains détails embarrassants, comme son oiseau qui parle, et Topolino qui parle aussi et se conduit toute seule.

Le docteur écoutait attentivement, sans tout saisir, toutefois. Ce qu'il comprenait cependant, c'est que Bozo ne voulait pas rester bébé toute sa vie, mais qu'il avait peur de décevoir ses parents qui, eux, semblaient si contents.

— Écoute, Bozo, proposa le docteur. Faisons un marché. On t'appelle un taxi pour que tu puisses retourner à la garderie, sinon tes parents vont s'inquiéter. Moi je fais tout ce que je peux pour sauver ton oiseau, c'est d'accord ?

— Je veux bien vous faire confiance, se résigna Bozo. Et n'appelez pas de taxi, il y en a un devant la porte.

Le docteur alla voir par la fenêtre de l'entrée. Il y avait bien un taxi rouge qui attendait.

— Bon, dit-il. Tu sauras te débrouiller ?

Bozo fit signe que oui. Il courut jusqu'à la Topolino, ouvrit la portière et la voiture démarra aussitôt.

— Ça va, Bozo ? demanda Topolino.

— Je n'ai jamais été aussi triste de ma vie. Plus d'oiseau. Que vais-je devenir ?

— Sois courageux, Bozo.

Topolino arriva bientôt devant la garderie. Bozo descendit et alla sonner à la porte.

— Ah ! Te revoilà mon petit. Tu n'as toujours pas ton oiseau ? demanda la grosse dame.

— Non, je crois bien que je l'ai perdu, déclara Bozo. Et il fondit en larmes.

De son côté, Topolino se dépêcha de retourner devant le magasin de rideaux pour se garer. La place de tout à l'heure était prise par un gros camion. Elle dut donc se stationner un peu plus loin.

▲ ▼ ▲

Dans l'autre taxi, Hervé et Isabelle discutaient de la situation.

— C'est tout de même étrange, ce prince, avec un drôle de costume et un oiseau, dit Isabelle.

— Tu ne crois tout de même pas qu'il s'agit de notre Bozo?

— Ne dis pas ça Hervé. Et si c'était vrai? Et si on ne le retrouvait pas? J'en mourrais, conclut Isabelle, soudain très inquiète.

— Vous avez lu pour le prince? demanda le chauffeur, qui, en fait, était une dame.

— Pardon?

— Oui, le prince qu'on a enlevé à la bibliothèque ce midi. Je suis sûre qu'on va le retrouver en pleine forme, ne vous inquiétez pas.

— Vous croyez vraiment ? s'enquit Isabelle, qui pensait à son fils.

— Ah ! Certainement. Selon moi, il faut envisager quatre possibilités : a), b), c) ou d). Et, dans ce cas-ci, à mon avis, la bonne réponse, c'est a).

Hervé connaissait bien tous les taxis de la ville. Par contre celui-ci, il ne l'avait encore jamais vu. Ça lui sembla étrange.

— Quel est le nom de votre compagnie de taxis, madame ? s'informa Hervé.

— Les taxis Calmant.

— Je ne connais pas.

— C'est nouveau, mais ça ne durera pas longtemps.

— Laisse tomber Hervé. Alors, Madame, vous croyez vraiment qu'il ne lui est rien arrivé de grave ?

— Ah ! Je n'ai pas dit ça. Tout ce que je sais, c'est qu'on va le retrouver en parfaite santé, et tous ceux qui ont répondu a) gagnent le droit de se déguiser ou de porter leurs vêtements à l'envers durant une heure.

— C'est une récompense ça ?

— Vous devriez essayer, c'est très amusant de faire les choses à l'envers, parfois. Voilà, vous êtes arrivés.

— Combien je vous dois ?

— C'est gratuit. C'est pour ça que cette compagnie fermera bientôt.

— Merci Madame, dirent Hervé et Isabelle en sortant de la voiture.

Isabelle courut jusqu'à son bureau et appela tout de suite à la garderie.

— Allô ? C'est la maman de Bozo.

— Bonjour Isabelle, répondit la grosse dame.

Isabelle pouvait entendre, derrière, les pleurs d'un enfant.

— C'est Bozo qui pleure comme ça ?

— Oui, il est inconsolable. Il dit qu'il a perdu son oiseau.

— Oh ! Le pauvre petit. Passez-le-moi, proposa Isabelle, tout de même soulagée que son enfant soit bien là où il devait être.

— Allô ? pleurnicha Bozo.

— C'est maman, mon chéri. Ne pleure pas, on va le retrouver ton oiseau, ne t'en fais pas. Tu sais, papa aussi a perdu quelque chose.

— Ah bon ? dit Bozo, curieux.

— Oui, sa voiture ! Mais je suis sûre qu'on va la retrouver aussi. Ton oiseau est probablement là.

— Ça m'étonnerait, déclara Bozo.

— On verra ça tout à l'heure mon chou. Au revoir.

— Au revoir, dit Bozo en raccrochant le combiné.

— Bon. Ta voiture, maintenant. Elle ne doit pas être bien loin, décida Isabelle. Tiens, appelle Victor et demande-lui si un autre chauffeur ne l'a pas aperçue.

Hervé composa le numéro.

— Allô Victor, c'est Hervé. Je ne trouve plus ma voiture. Je crois même qu'on me l'a volée. Peux-tu demander aux autres chauffeurs s'ils l'ont vue ?

— Tu as perdu ta voiture ? Comment as-tu fait ça ? demanda Victor en rigolant.

— Je t'expliquerai. Contente-toi de faire les appels pour le moment tu veux bien ?

Hervé attendit un moment, puis Victor revint en ligne.

— Elle est à côté du magasin de rideaux, ta voiture. Derrière un gros camion.

— C'est impossible ! J'en arrive !

— Tu as dû mal regarder, parce que là, elle y est.

Hervé raccrocha.

— Alors ? demanda Isabelle.

— On l'a retrouvée. Les voleurs l'ont replacée devant le magasin de rideaux.

— Tu veux dire que tu avais tout simplement oublié où tu l'avais garée, c'est ça ?

— Bon. Assez discuté. J'y vais à pied. J'ai besoin de me calmer les nerfs.

— Tu veux te calmer ? Appelle les taxis Calmant, mon chéri. C'est gratuit !

— Très drôle, marmonna Hervé en sortant du bureau.

Chapitre 7

Le nœud se dénoue

Le docteur Rologue ne savait trop quoi faire de cet oiseau en peluche couché sur sa table d'examen.

Il le tourna de tous les côtés. Peut-être était-il simplement décousu ? Ou peut-être était-ce un de ces jouets qui contiennent un mécanisme maintenant brisé ? Qu'est-ce qu'il pouvait bien avoir pour rendre Bozo si triste ?

Le docteur lut la petite étiquette sous l'aile de l'oiseau :

« Entièrement bourré de matériel synthétique recyclé et non toxique à 100 % ».

— Me voilà bien avancé. Je ne me rappelle pas avoir étudié ça à la faculté de médecine.

Puis, le docteur considéra le gros pansement sur la tête de l'oiseau.

« Ah, ça, les pansements, je m'y connais, cependant. Et celui-ci, c'est une catastrophe », se dit le docteur. Changeons-le donc, ça ne peut pas faire de tort.

Le docteur commença l'opération.

En déroulant le turban de gaze, le docteur libéra un petit papier caché sous le pansement.

— Tiens, qu'est-ce que c'est que ça ?

Le docteur prit le papier tout plié. Il l'ouvrit. À sa grande surprise, il découvrit que c'était la page d'un livre. Il lut :

« Nota : Los clunelettis viverae por la giocosum de tutti. Ma, ce solamente con los enormus difficulti que el puis grandire, quando esta quasi ouaf anniversarium. »

Le docteur était renversé.

« Por provocare el dio del cluneletto, este dio devere estra un giorno maloroso que devae se terminare per un giocoso grande. Piu el desespera e grande, y piu la giocosa e grande, piu es possibilum de provocare el dio del cluneletto. Per esempio, si le clunelleto crei que un amicum e muerte, ma que discuvra despues que e vivante, el dio e possibilum. »

Le docteur se leva précipitamment et alla chercher son exemplaire des *Phénomènes de fécondité farfelue chez les femmes férues de friandises*.

Il tourna les pages, jusqu'à ce qu'il trouve le passage qu'il avait lu aux parents de Bozo la veille.

— Tiens donc, dit-il en comparant avec la feuille qu'il venait de trouver dans le turban de l'oiseau. Je n'ai pas cette page dans mon livre. On l'a déchirée, on dirait. Mais la déchirure ne concorde pas avec celle de mon livre.

Il appela à la bibliothèque municipale.

Benoît Tremblay répondit.

— Oui oui, nous avons ce livre. Je l'ai sorti des rayons plus tôt aujourd'hui. Quelle page ? Je vais voir…

Le bibliothécaire revint en ligne au bout d'un moment.

— C'est bien étrange. La page a été déchirée dans notre livre aussi. Vous m'en donnerez une photocopie ? Merci docteur.

Le docteur raccrocha.

Il revint près de la table d'examen et s'adressa à l'oiseau.

— Mon cher ami à plumes, ma longue expérience m'a appris qu'il y a parfois des secrets qu'il vaut mieux ne jamais divulguer. Je respecte donc votre silence. Sachez toutefois que vous allez rendre votre ami très heureux.

« Ouf ! » pensa l'oiseau, qui demeura cependant muet.

Le docteur passa toute la soirée à étudier son livre et surtout cette mystérieuse page qui lui avait manqué jusque-là. Il en consulta aussi d'autres sur les dates et les calendriers, comme ceux que l'oiseau avait lus à la bibliothèque.

La nuit tombée, il prit l'oiseau avec lui et sortit.

En marchant en ville, il rencontra une vendeuse de journaux.

— Vous m'achetez un journal docteur ? C'est une édition spéciale.

Ce n'était pas Sophie Bouillon. Cette vendeuse-ci semblait beaucoup plus polie.

— Tiens, mais je vous connais, non ? Mademoiselle Calmant ? C'est bien vous ?

— Bravo docteur ! Et vous savez quoi encore ? Ce soir, c'est mon anniversaire. Alors le journal, je vous l'offre, dit mademoiselle Calmant, avec un clin d'œil.

Le docteur prit le journal, en hésitant.

— Attendez, j'ai autre chose pour vous, ajouta-t-elle.

Mademoiselle Calmant sorti un papier de sa poche et le remit au docteur.

— Ça vous dit quelque chose ?

Le docteur déplia la feuille et reconnut tout de suite la page qui manquait à son livre.

— Alors c'est vous qui avez déchiré la page ? Pourquoi ?

— À mon âge, docteur, je n'espère plus les anniversaires comme avant. Même que ça me rend un peu triste. Par contre, pour les plus petits, c'est très important.

— Je veux bien, mais ce n'est pas une raison…

Mademoiselle Calmant regarda de gauche à droite, puis fit signe au médecin de s'approcher, comme pour lui dire un secret.

— Avouez que si vous aviez lu cette page aux parents de Bozo, ils n'auraient pas su faire ce qu'il fallait n'est-ce pas ?

— Je crois en effet qu'ils en auraient été incapables, chuchota-t-il.

— Alors, je me suis arrangée pour que vous ne la trouviez pas. Rassurez-vous, j'ai aussi veillé sur nos jeunes amis comme j'ai pu.

— Eh bien, dans ce cas, merci ! dit le docteur, en serrant la main de mademoiselle Calmant.

— Au revoir docteur. Et n'oubliez pas de lire le journal. C'est très intéressant, vous verrez ! ajouta-t-elle en s'éloignant.

▲ ▼ ▲

Au même moment, les parents de Bozo tentaient toujours de consoler leur clownelet, qui refusait de dormir tant il était malheureux.

— Ne pleure plus, je t'en prie mon lapin, disait Isabelle en berçant son petit.

« Riiingg ! »

— Qui peut bien sonner à cette heure-ci ? demanda Hervé en allant ouvrir.

C'était le docteur Rologue. Il tenait l'oiseau dans ses bras. Il lui avait même refait un nouveau pansement.

— Bozo! Viens vite! Regarde, le docteur a trouvé ton oiseau.

Bozo se précipita dans l'entrée.

— Mon oiseau! s'écria Bozo.

Mais il craignait toujours que son ami n'ait pas survécu.

L'oiseau le rassura tout de suite d'un clin d'œil discret et Bozo l'emmena vite dans sa chambre, tout joyeux.

— L'oiseau! Tu es là! Bien vivant! J'ai tellement eu peur que tu sois mort! Que t'est-il arrivé?

— Tu me serres trop fort, arrête, fit l'oiseau.

— C'est que je suis tellement content de te revoir.

— J'ai dû jouer la comédie, je m'en excuse. C'était le seul moyen pour que tu aies ton anniversaire.

— Mon anniversaire? On est le 32 mai?

— Écoute. Quand nous étions à la bibliothèque, j'ai vu cette édition des *Phénomènes*... tu sais le livre du docteur.

— Oui?

— J'en ai lu un passage et j'ai découvert que pour que tu aies ton anniversaire, il fallait tu sois très malheureux juste avant.

— Malheureux ? Pourquoi ?

— Parce que les clowns comme toi font tout à l'envers. Pour que tu aies ton joyeux anniversaire, il faut que tu sois d'abord très triste. C'est comme ça. Alors j'ai déchiré la page du livre, et je l'ai mise sous mon pansement. Ensuite, dans le taxi, j'ai fait semblant d'être mort. Parce que j'ai pensé que…

— Que je serais très triste si tu étais mort ?

— Voilà. Je ne me suis pas trompé. Je suis très flatté, soit dit en passant.

— Oh toi ! dit Bozo en serrant son oiseau encore plus fort.

— Arrête, je vais mourir pour de vrai si tu continues !

— Trop tard, c'est ma fête ! C'est ma fête !

Dans l'entrée, les parents remerciaient le médecin.

— Nous vous sommes très reconnaissants, docteur, dirent ensemble les parents.

— Pardonnez-moi de sonner comme ça en pleine nuit, mais j'ai pensé que Bozo voudrait retrouver son oiseau dès que possible.

— Où l'avez-vous trouvé ?

— Oh, disons que c'est lui qui m'a trouvé, admit le docteur, un peu embarrassé.

— Entrez une minute au moins. C'est tellement gentil de nous l'avoir rapporté.

— Non, je vous en prie, il est presque minuit. Je m'en vais.

Le docteur allait partir.

— Une chose, cependant, se ravisa-t-il.

— Laquelle ? demandèrent les parents.

— Bozo était très triste tout à l'heure, n'est-ce pas ?

— Triste ? Dites plutôt inconsolable.

— Désespéré, même, ajouta Isabelle.

— Et maintenant, il semble très heureux n'est-ce pas ?

— Ravi !

— C'est bien ce que je croyais. À bien y penser, je veux bien entrer une minute. Vous avez du gâteau ? Nous avons quelque chose à célébrer, il me semble.

— À célébrer ?

— Oui, Bozo vient d'avoir un an.

— Un an ? Vous voulez dire que c'est le 32 mai ?

— Voyez vous-mêmes, dit le médecin en tendant le journal à Isabelle.

« Édition spéciale du 32 mai ! Le Prince retrouvé ! »

« Nous apprenons à cette minute que le Prince-ambassadeur de Bozöanie et son oiseau ont été retrouvés sains et saufs.

Après une journée d'angoisse où on a craint le pire, le Prince et son ami célèbrent ce soir leur bonheur en toute sécurité. »

— Mais le 32 mai, ça n'existe pas voyons !

— Vous connaissez le calendrier de Napoléon ? demanda le docteur.

— Non.

— Le calendrier romain, ça vous dit quelque chose ? L'année de la confusion ?

— Pas du tout.

— Ce n'est pas grave. Il semble que les calendriers changent parfois. Sachez tout de même que ce ne sont pas les dates qui importent, ce sont les moments de joie qui passent si vite. Il faut les faire durer…

— Alors, appelons tous nos amis, et célébrons le premier anniversaire de Bozo ! déclara Hervé.

Cette nuit-là, la grosse dame et son petit chien, Victor, Benoît Tremblay, Sophie Bouillon et le docteur Rologue fêtèrent l'anniversaire de Bozo.

Bozo souffla sa première bougie et on mangea du gâteau.

Au bout d'un moment, le petit chien, qui s'ennuyait un peu, se dirigea vers l'oiseau assis au bout de la table.

— Viens, dit le petit chien, allons faire un tour dehors.

C'était la première fois que le petit chien parlait à l'oiseau. Il en fut très surpris, mais il le suivit tout de même.

Ils sortirent et allèrent rejoindre Topolino.

— Allons. On a une dernière course à faire, dit le petit chien, mystérieux.

Topolino les conduisit en ville. Elle ralentit lorsqu'ils rencontrèrent Mademoiselle Calmant, qui vendait des journaux sur le trottoir.

— Ah! C'est vous! fit-elle.

L'oiseau se demandait bien ce qui allait se passer.

— Montez! dit le petit chien. On a du gâteau.

Mademoiselle Calmant entra dans la voiture et prit le morceau de gâteau.

— C'est gentil d'avoir pensé à mon anniversaire, le chien. Ça me rappelle quand je n'étais encore :

a) qu'une jeune infirmière ?

b) qu'une jeune pompiste ?

c) qu'une jeune agente de police ?

d) qu'une jeune chauffeuse de taxi ?

e) qu'une jeune vendeuse de journaux ?

f) qu'une jeune clownelette ?

— Non ! s'écria l'oiseau avec effroi. Ne me dites pas que vous aussi…

— Si si, dit mademoiselle Calmant, et tous ceux qui ont répondu f) feront de beaux rêves ce soir…

Et l'oiseau s'évanouit.

FIN

AGMV Marquis

MEMBRE DE SCABRINI MEDIA

Québec, Canada
2004